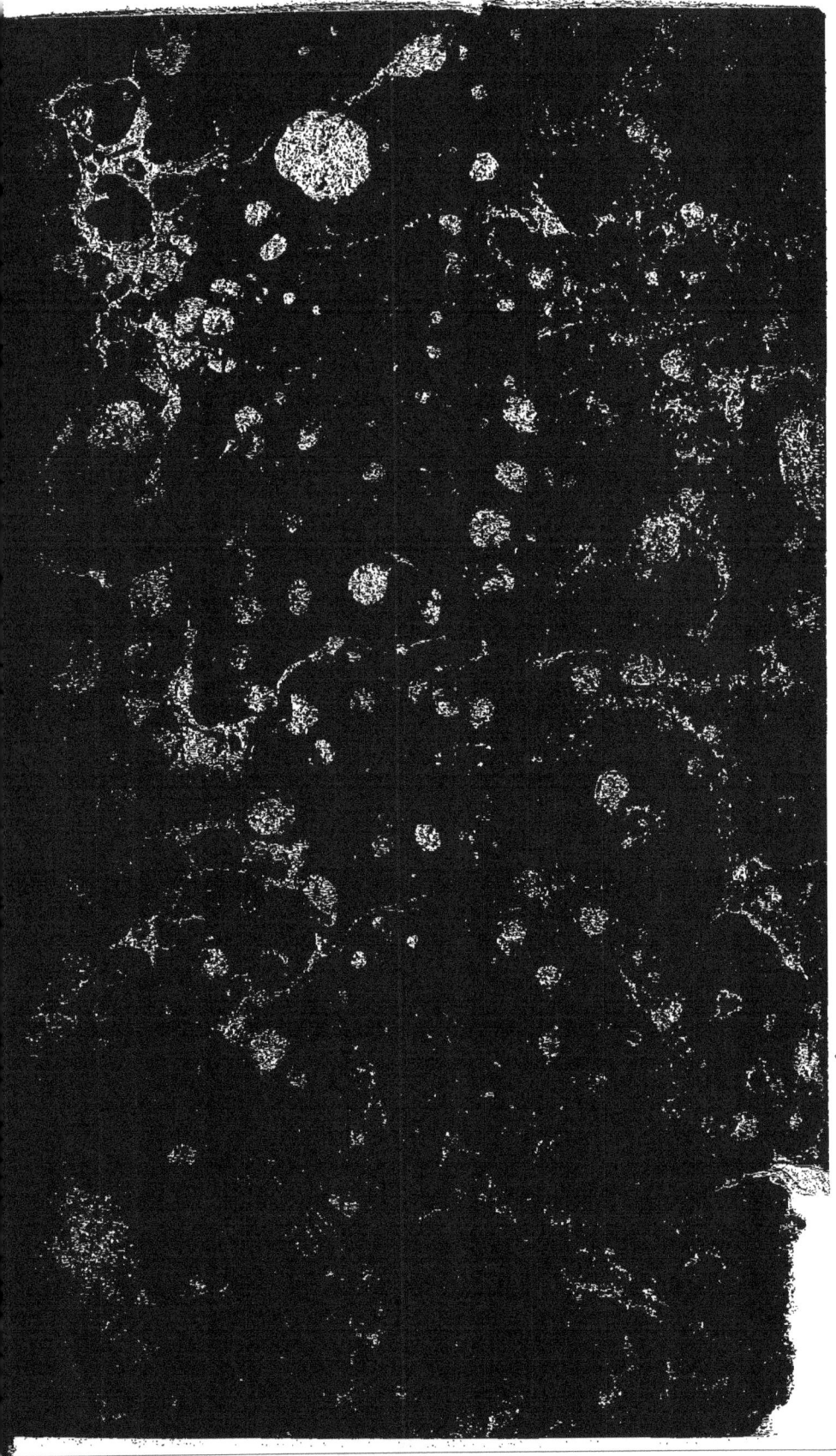

DE LA

LITTÉRATURE.

TOME SECOND.

DE LA

LITTÉRATURE

considérée dans ses rapports avec
les institutions sociales;

PAR Madame DE STAËL-HOLSTEIN.

TOME SECOND.

DE L'IMPRIMERIE DE CRAPELET.

A PARIS,

Chez MARADAN, Libraire, rue Pavée-S.-André-
des-Arcs, n° 16.

8.

SUITE
DE LA PREMIÈRE PARTIE.

DE LA LITTÉRATURE CHEZ LES ANCIENS ET CHEZ LES MODERNES.

CHAPITRE XVIII.

Pourquoi la nation française étoit-elle la nation de l'Europe qui avoit le plus de grace, de goût et de gaîté ?

LA gaîté française, le bon goût français, avoient passé en proverbe dans tous les pays de l'Europe, et l'on attribuoit généralement ce goût et cette gaîté au caractère national : mais qu'est-ce qu'un caractère national, si ce n'est le résultat des institutions et des circonstances qui influent sur le bonheur d'un peuple, sur ses intérêts et sur ses habitudes ? Depuis dix années, dans les mo-

II.   1

mens les plus calmes de la révolution, les contrastes les plus piquans n'ont pas été l'objet d'une épigramme ou d'une plaisanterie spirituelle. Plusieurs des hommes qui ont pris un grand ascendant sur les destinées de la France, étoient dépourvus de toute apparence de grace dans l'expression et de brillant dans l'esprit : peut-être même devoient-ils une partie de leur influence à ce qu'il y avoit de sombre, de silencieux, de froidement féroce dans leurs manières comme dans leurs sentimens.

Les religions et les loix décident presque entièrement de la ressemblance ou de la différence de l'esprit des nations. Le climat peut encore y apporter quelques changemens; mais l'éducation générale des premières classes de la société est toujours le résultat des institutions politiques dominantes. Le gouvernement étant le centre de la plupart des intérêts des hommes, les habitudes et les pensées suivent le cours des intérêts. Examinons quels avantages d'ambition on trouvoit en France à se distinguer par le charme de la grace et de la gaîté, et nous saurons pour-

quoi ce pays offroit de l'une et de l'autre tant
de parfaits modèles.

Plaire ou déplaire étoit la véritable source
des punitions et des récompenses, qui n'é-
toient point infligées par les loix. Il y avoit
dans d'autres pays des gouvernemens monarchiques, des rois absolus, des cours somp-
tueuses ; mais nulle part on ne trouvoit
réunies les mêmes circonstances qui in-
fluoient sur l'esprit et les mœurs des Français.

Dans les monarchies limitées , comme en
Angleterre et en Suède, l'amour de la liberté,
l'exercice des droits politiques, les troubles
civils presque continuels, apprenoient aux
rois qu'ils avoient besoin de rencontrer dans
leurs favoris de certaines qualités défen-
sives, apprenoient aux courtisans que même
pour être préférés par les rois, il falloit
pouvoir appuyer leur autorité par des
moyens indépendans et personnels.

En Allemagne, de longues guerres et la
fédération des états prolongeoient l'esprit

féodal, et n'offroient point de centre où toutes les lumières et tous les intérêts pussent se réunir.

Les despotes de l'orient et du nord avoient trop besoin d'inspirer la crainte pour exciter d'aucune manière les esprits de leurs sujets. Plaire, même à ses maîtres, est une sorte de familiarité avec eux, qui effaroucheroit la tyrannie.

Dans les républiques, de quelque manière qu'elles fussent constituées, il étoit trop nécessaire aux hommes de se défendre ou de se servir les uns les autres pour établir entre eux des rapports d'agrément et de plaisir.

La galanterie des Maures, l'existence qu'elle donnoit aux femmes, auroient pu rapprocher à quelques égards les Espagnols de l'esprit français; mais les superstitions auxquelles ils se sont livrés, ont arrêté parmi eux tous les genres de progrès aimables ou sérieux; et l'esprit paresseux du Midi a tout abandonné à l'activité du sacerdoce.

Il n'y avoit donc qu'en France où l'autorité des rois s'étant consolidée par le consentement tacite de la noblesse, le monarque avoit un pouvoir sans bornes par le fait, et néanmoins incertain par le droit. Cette situation l'obligeoit à ménager ses courtisans mêmes, comme faisant partie de ce corps de vainqueurs, qui tout-à-la-fois lui cédoit et lui garantissoit la France, leur conquête.

La délicatesse du point d'honneur, l'un des prestiges de l'ordre privilégié, obligeoit les nobles à décorer la soumission la plus dévouée des formes de la liberté. Il falloit qu'ils conservassent, dans leurs rapports avec leur maître, une sorte d'esprit de chevalerie, qu'ils écrivissent sur leur bouclier POUR MA DAME ET POUR MON ROI, afin de se donner l'air de choisir le joug qu'ils portoient; et mêlant ainsi l'honneur avec la servitude, ils essayoient de se courber sans s'avilir. La grace étoit, pour ainsi dire, dans leur situation, une politique nécessaire; elle seule pouvoit donner quelque chose de volontaire à l'obéissance.

Le roi, de son côté, devant se considérer,

à quelques égards, comme le dispensateur
de la gloire, le représentant de l'opinion,
ne pouvoit récompenser qu'en flattant, pu-
nir qu'en dégradant. Il falloit qu'il appuyât
sa puissance sur une sorte d'assentiment
public, dont sa volonté sans doute étoit le
premier mobile, mais qui se montroit souvent indépendamment de sa volonté. Les
liens délicats, les préjugés maniés avec art,
formoient les rapports des premiers sujets
avec leur maître : ces rapports exigeoient
une grande finesse dans l'esprit; il falloit de
la grace dans le monarque, ou tout au moins
dans les dépositaires de sa puissance; il falloit du goût et de la délicatesse dans le choix
des faveurs et des favoris, pour que l'on
n'apperçût ni le commencement, ni les limites de la puissance royale. Quelques-uns
de ses droits devoient être exercés sans être
reconnus, d'autres reconnus sans être exercés ; et les considérations morales étoient
saisies par l'opinion avec une telle finesse,
qu'une faute de tact étoit généralement sen-
tie, et pouvoit perdre un ministre, quelque
appui que le gouvernement essayât de lui
prêter.

Il falloit que le roi s'appelât le premier gentilhomme de son royaume, pour exercer à son aise une autorité sans bornes sur des gentilshommes ; il falloit qu'il fortifiât son autorité sur les nobles par un certain genre de flatterie pour la noblesse. L'arbitraire dans le pouvoir n'excluant point alors la liberté dans les opinions, l'on sentoit le besoin de se plaire les uns aux autres, et l'on multiplioit les moyens d'y réussir. La grâce et l'élégance des manières passoient des habitudes de la cour dans les écrits des hommes de lettres. Le point le plus élevé, la source de toutes les faveurs, est l'objet de l'attention générale ; et comme dans les pays libres le gouvernement donne l'impulsion des vertus publiques, dans les monarchies la cour influe sur le genre d'esprit de la nation, parce qu'on veut imiter généralement ce qui distingue la classe la plus élevée.

Lorsque le gouvernement est assez modéré pour qu'on n'ait rien de cruel à en redouter, assez arbitraire pour que toutes les jouissances du pouvoir et de la fortune dépendent uniquement de sa faveur, tous ceux qui y prétendent doivent avoir assez de calme dans l'esprit pour être aimables, assez d'habileté pour faire servir ce charme frivole à des succès importans. Les hommes de la première classe de la société en France, aspiroient souvent au pouvoir, mais ils ne couroient dans cette carrière aucun hasard dangereux ; ils jouoient sans jamais risquer de beaucoup perdre ; l'incertitude ne rouloit que sur la mesure du gain ; l'espoir seul animoit donc les efforts : de grands périls ajoutent à l'énergie de l'ame et de la pensée, la sécurité donne à l'esprit tout le charme de l'aisance et de la facilité.

La gaîté piquante, plus encore même que la grace polie, effaçoit toutes les distances sans en détruire aucune ; elle faisoit rêver l'égalité aux grands avec les rois, aux poètes avec les nobles, et donnoit même à l'homme d'un rang supérieur un sentiment plus raffiné de ses avantages ; un instant d'oubli les lui faisoit retrouver ensuite avec un nouveau plaisir ; et la plus grande perfection du goût et de la gaîté devoit naître de ce desir de plaire universel.

La recherche dans les idées et les sentimens, qui vint d'Italie gâter le goût de toutes les nations de l'Europe, nuisit d'abord à la grace française; mais l'esprit, en s'éclairant, revint nécessairement à la simplicité. Chaulieu, La Fontaine, madame de Sévigné, furent les écrivains les plus naturels, et se montrèrent doués d'une grace inimitable. Les Italiens et les Espagnols étoient inspirés par le desir de plaire aux femmes, et cependant ils étoient loin d'égaler les Français dans l'art délicat de la louange. La flatterie qui sert à l'ambition exige beaucoup plus d'esprit et d'art que celle qui ne s'adresse qu'aux femmes : ce sont toutes les passions des hommes et tous leurs genres de vanité qu'il faut savoir ménager, lorsque la combinaison du gouvernement et des mœurs est telle, que les succès des hommes entre eux dépendent de leur talent mutuel de se plaire, et que ce talent est le seul moyen d'obtenir les places éminentes du pouvoir.

Non-seulement la grace et le goût servoient en France aux intérêts les plus grands, mais l'une et l'autre préservoient du mal-

heur le plus redouté, du ridicule. Le ridicule est, à beaucoup d'égards, une puissance
aristocratique : plus il y a de rangs dans la
société, plus il existe de rapports convenus
entre ces rangs, et plus l'on est obligé de les
connoître et de les respecter. Il s'établit dans
les premières classes de certains usages, de
certaines règles de politesse et d'élégance,
qui servent, pour ainsi dire, de signe de
ralliement, et dont l'ignorance trahiroit des
habitudes et des sociétés différentes. Les
hommes qui composent ces premières classes, disposant de toutes les faveurs de l'état,
exercent nécessairement un grand empire
sur l'opinion publique ; car, à l'exception
de quelques circonstances très-rares, la
puissance est de bon goût, le crédit a de la
grace, et les heureux sont aimés.

La classe qui dominoit en France sur la
nation, étoit exercée à saisir les nuances
les plus fines ; et comme le ridicule la frap-
poit avant tout, ce qu'il falloit éviter avant
tout, c'étoit le ridicule. Cette crainte mettoit souvent obstacle à l'originalité du ta-

lent, peut-être même pouvoit-elle nuire, dans la carrière politique, à l'énergie des actions ; mais elle développoit dans l'esprit des Français un genre de perspicacité singulièrement remarquable. Leurs écrivains connoissoient mieux les caractères, les peignoient mieux qu'aucune autre nation. Obligés d'étudier sans cesse ce qui pouvoit nuire ou plaire en société, cet intérêt les rendoit très-observateurs. Molière, et même après lui quelques autres comiques, sont des hommes supérieurs, dans leur genre, à tous les écrivains des autres nations. Les Français n'approfondissent pas, comme les Anglais et les Allemands, les sentimens que le malheur fait éprouver ; ils ont trop l'habitude de s'en éloigner pour le bien connoître : mais les caractères dont on peut faire sortir des effets comiques, les hommes, séduits par la vanité, trompés par amour-propre, ou trompeurs par orgueil, cette foule d'êtres asservis à l'opinion des autres, et ne respirant que par elle, aucun peuple de la terre n'a jamais su les peindre comme les Français,

La gaîté ramène à des idées naturelles; et quoique le bon ton de la société de France fût entièrement fondé sur des relations factices, c'est à la gaîté de cette société même qu'il faut attribuer ce qu'on avoit conservé de vérité dans les idées et dans la manière de les exprimer.

Il n'y avoit pas sans doute beaucoup de philosophie dans la conduite de la plupart des hommes éclairés; ils avoient souvent eux-mêmes les foiblesses qu'ils condamnoient dans leurs ouvrages : néanmoins ce qui relevoit les écrits et les conversations, c'étoit une sorte d'hommage à la philosophie, qui avoit pour but de montrer qu'on connoissoit de la raison tout ce que l'esprit en peut savoir, et qu'au besoin on pourroit se moquer de son ambition, de son orgueil, de son rang même, quoique l'on fût bien résolu à n'y point renoncer.

La cour vouloit plaire à la nation, et la nation à la cour; la cour prétendoit à la philosophie, et la ville au bon ton. Les courtisans, venant se mêler aux habitans de la capitale, vouloient y montrer un mérite personnel, un caractère, un esprit à eux ; et les habitans de la capitale conservoient toujours un attrait irrésistible pour les manières brillantes des courtisans. Cette émulation réciproque ne hâtoit pas les progrès des vérités austères et fortes ; mais il ne restoit pas une idée fine, une nuance délicate, que l'intérêt ne fît découvrir à l'esprit.

Un ouvrage assez piquant d'Agrippa d'Aubigné, distinguoit, il y a plus de deux siècles, l'*être* et le *paroître*, en faisant le portrait d'un Français, le duc d'Epernon. Dans l'ancien régime, tous les Français, plus ou moins, s'occupoient extrêmement du *paroître*, parce que le théâtre de la société en inspire singulièrement le desir. Il faut soigner les apparences lorsqu'on ne peut faire juger que ses manières ; et l'on étoit même excusable de souhaiter en France des succès de société, puisqu'il n'existoit pas une autre arène pour faire connoître ses talens, et s'indiquer aux regards du pouvoir. Mais aussi, quels nombreux sujets de comédies ne doit-on pas rencontrer dans un pays où ce ne sont pas les actions, mais les manières qui peuvent décider de la réputation ! Toutes les graces forcées, toutes les prétentions vaines, sont d'inépuisables sources de plaisanteries et de scènes comiques.

L'influence des femmes est nécessairement très-grande, lorsque tous les événemens se passent dans les sallons, et que tous les caractères se montrent par les paroles ; et comme elles sont une puissance, on cultive ce qui leur plaît. Le loisir que la monarchie laissoit à la plupart des hommes distingués en tous les genres, étoit nécessairement très-favorable au perfectionnement des jouissances de l'esprit et de la conversation. Ce n'étoit ni par le travail, ni par l'étude qu'on parvenoit au pouvoir en France : un bon mot, une certaine grace, étoit souvent la cause de l'avancement le plus rapide ; et ces fréquens exemples inspiroient une sorte de philosophie insouciante, de confiance dans la fortune, de mépris pour les efforts studieux, qui poussoit tous les esprits vers l'agrément et le plaisir. Quand l'amusement est non-seulement permis, mais souvent utile, une nation doit atteindre en ce genre à ce qu'il peut y avoir de plus parfait.

On ne verra plus rien de pareil en France avec un gouvernement d'une autre nature, de quelque manière qu'il soit combiné ; et il sera bien prouvé alors que ce qu'on appeloit l'esprit français, la grace française, n'étoit que l'effet immédiat et nécessaire des institutions et des mœurs monarchiques, telles qu'elles existoient en France depuis plusieurs siècles.

CHAPITRE XIX.

De la Littérature pendant le siècle de Louis XIV (1).

C'EST par l'étude des anciens que le règne des lettres a recommencé en Europe; mais ce n'est que long-temps après l'époque de leur renaissance, que l'imitation des anciens a dirigé le goût littéraire. Les Français cultivoient la littérature espagnole au commencement du dix-septième siècle : cette littérature avoit en elle une sorte de grandeur qui préserva les écrivains français de quelques défauts du goût italien, alors répandu dans toute l'Europe; et Corneille, qui commence l'ère du génie français, doit beaucoup à l'étude des caractères espagnols.

(1) Je n'analyserai point avec détail ce qui concerne la littérature française ; toutes les idées intéressantes ont été dites sur ce sujet. Je me borne seulement à tracer la route qui a conduit les esprits , depuis le siècle de Louis XIV jusqu'à la révolution de 1789.

Le siècle de Louis XIV, le plus remarquable de tous en littérature, est très-inférieur, sous le rapport de la philosophie, au siècle suivant. La monarchie, et surtout un monarque qui comptoit l'admiration parmi les actes d'obéissance, l'intolérance religieuse et les superstitions encore dominantes, bornoient l'horizon de la pensée; l'on ne pouvoit concevoir aucun ensemble, ni se permettre aucune analyse dans un certain ordre d'opinions; l'on ne pouvoit suivre une idée dans tous ses développemens. La littérature, dans le siècle de Louis XIV, étoit le chef-d'œuvre de l'imagination; mais ce n'étoit point encore une puissance philosophique, puisqu'un roi absolu l'encourageoit, et qu'elle ne portoit point ombrage à son despotisme. Cette littérature, sans autre but que les plaisirs de l'esprit, ne peut avoir l'énergie de celle qui a fini par ébranler le trône. On voyoit des écrivains saisir quelquefois, comme Achille, l'arme guerrière au milieu des ornemens frivoles; mais, en général, les livres ne traitoient point les questions vraiment importantes; les hommes de lettres étoient relégués loin des

intérêts actifs de la vie. L'analyse des principes du gouvernement, l'examen des dogmes
religieux, l'appréciation des hommes puissans, tout ce qui pouvoit conduire à un résultat applicable, leur étoit totalement interdit.

Le livre de Télémaque étoit alors une
action courageuse; et Télémaque ne contient
cependant que des vérités modifiées par
l'esprit monarchique. Massillon, Fléchier
hasardoient quelques principes indépendans
à l'abri de saintes erreurs; Pascal vivoit
dans le monde intellectuel des sciences et
de la métaphysique religieuse; la Roche-
foucault, Labruyère peignoient les hommes
dans le cercle des sociétés particulières, avec
une prodigieuse sagacité : mais, comme il
n'y avoit point encore de nation, les grands
traits des caractères politiques, qui ne sont
formés que par les institutions libres, ne pouvoient y être dessinés. Corneille, plus rappro-
ché des temps orageux de la ligue, montre
souvent dans ses tragédies le caractère républicain; mais quel est l'auteur du siècle de
Louis xiv dont l'indépendance philosophi-

que peut se comparer à celle des écrits de Voltaire, de Rousseau, de Montesquieu, de Raynal, &c. ?

La pureté du style ne peut aller plus loin que dans les chefs – d'œuvre du siècle de Louis xiv ; et, sous ce rapport, ils doivent être toujours considérés comme les modèles de la littérature française. Ils ne renferment pas (Bossuet excepté) toutes les beautés que peut produire l'éloquence ; mais ils sont exempts de tous les défauts qui altèrent l'effet des plus grandes beautés.

Une société aristocratique est singulièrement favorable à la délicatesse, à la finesse du style. Il faut, pour bien écrire, des habitudes autant que des réflexions ; et si les idées naissent dans la solitude, les formes propres à ces idées, les images dont on se sert pour les rendre sensibles, appartiennent presque toujours aux souvenirs de l'éducation, et de la société avec laquelle on a vécu. Dans tous les pays, mais principalement en France, les mots ont chacun, pour ainsi dire, leur histoire particulière ; telle circonstance frappante a pu les ennoblir, telle autre les dégrader. Un auteur peut rendre à jamais ridicule une expression dont il s'est inconvenablement servi ; un usage, une opinion, un culte peut relever ou avilir par des idées accessoires l'image la plus naturelle. C'est dans le cercle resserré d'un petit nombre d'hommes supérieurs, soit par leur éducation, soit par leur mérite, que les règles et le goût du style peuvent se conserver. Comment, au milieu d'une société grossière, parviendroit-on à créer en soi cette délicatesse d'instinct qui repousse tout ce qui blesse le goût, avant même d'avoir analysé les motifs de sa répugnance ?

Le style représente, pour ainsi dire, au lecteur le maintien, l'accent, le geste de celui qui s'adresse à lui ; et, dans aucune circonstance, la vulgarité des manières ne peut ajouter à la force des idées, ni à celle des expressions. Il en est de même du style ; il faut toujours qu'il ait de la noblesse dans les objets sérieux. Aucune pensée, aucun sentiment ne perd pour cela de son énergie; l'élévation du langage conserve seulement cette dignité de l'homme en présence des hommes, à laquelle ne doit jamais renoncer celui qui s'expose à leurs jugemens. Car cette foule d'inconnus qu'on admet, en écrivant, à la connoissance de soi-même, ne s'attendent point à la familiarité ; et la majesté du public s'étonneroit avec raison de la confiance de l'écrivain.

L'indépendance républicaine dóit donc chercher à imiter la correction des auteurs du siècle de Louis XIV, pour que les pensées utiles se propagent, et que les ouvrages philosophiques soient en même temps des ouvrages classiques en littérature.

On a souvent disputé sur ce qu'il falloit préférer dans les tragédies, de l'imitation de la nature, ou du beau idéal. Je renvoie à la seconde partie de cet ouvrage quelques réflexions sur le système tragique qui peut convenir à un état républicain ; cette discussion n'appartient pas à ce chapitre. L'auteur qui a porté au plus haut degré de perfection, et le style, et la poésie, et l'art de peindre le beau idéal, Racine, est l'écrivain qui donne le plus l'idée de l'influence qu'exerçoient les loix et les mœurs du règne

de Louis xiv sur les ouvrages dramatiques.
L'esprit de chevalerie avoit introduit dans
les principes de l'honneur un genre de délicatesse qui créoit nécessairement une nature
de convention ; c'est-à-dire, qu'il existoit un
certain degré d'héroïsme, pour ainsi dire in-
dispensable à la noblesse, et dont il n'étoit pas
permis de supposer qu'un noble pût être privé. Ce point d'honneur si susceptible , qu'il
ne toléroit pas dans les relations de la vie la
plus légère expression qui pût blesser la fierté
la plus exaltée, ce point d'honneur donnoit
aussi ses loix à l'imitation théâtrale, aux
jeux de l'imagination ; et la diversité des caractères qu'on pouvoit peindre devoit rester
dans de certaines bornes. Il n'étoit pas permis d'étendre cette diversité aussi loin que
la nature ; et l'on étoit contenu par un certain respect envers les classes supérieures ,
qui ne permettoit pas de représenter en elles
rien qui pût les avilir.

L'adulation envers le monarque élevoit
encore plus haut le beau idéal. La nation
s'anéantit alors qu'elle n'est composée que
des adorateurs d'un seul homme. La gran-

deur factice qu'il falloit accorder à Louis xiv
portoit les esprits des poètes à peindre toujours des caractères selon les proportions
données par la flatterie, l'imagination des
écrivains devoit au moins aller aussi loin que
leurs louanges; et le même modèle se répé-
toit souvent dans les tableaux dramatiques.
Le caractère d'Achille, dans Iphigénie, avoit
quelques traits de la galanterie française;
on retrouvoit dans Titus des allusions à
Louis xiv. Le plus beau génie du monde,
Racine, ne se permettoit pas des conceptions aussi hardies que sa pensée peut-être
les lui auroit suggérées, parce qu'il avoit
sans cesse présens à l'esprit ceux qui devoient le juger.

Le public terrible, mais inconnu, d'une
assemblée tumultueuse, inspire moins de ti-
midité que cet aréopage de la cour dont l'auteur voudroit captiver personnellement chaque juge. Devant un tel tribunal, le goût paroît encore plus nécessaire que l'énergie. On
veut arriver aux grands effets par beaucoup
de nuances, et l'on ne peut alors employer les
mêmes moyens dont se servoit Shakespear

pour entraîner le flot populaire qui se pré-
cipitoit à ses pièces.

La peinture de l'amour, sous le règne de
Louis XIV, étoit aussi soumise à quelques
règles reçues. La galanterie envers toutes
les femmes, introduite par les loix de la chevalerie, la politesse des cours, le langage
élégant que l'orgueil des rangs se réservoit
comme une distinction de plus, tout multiplioit les convenances que l'on devoit ménager. Ces difficultés ajoutoient souvent à
l'éclat du génie qui savoit les vaincre; mais
quelquefois aussi l'expression recherchée
refroidissoit l'émotion. Une sorte d'esprit
madrigalique attestoit le sang-froid alors
même qu'on vouloit peindre l'entraînement;
et l'on se servoit souvent d'un langage qui
n'appartenoit ni à la raison, ni à l'amour.

Il manquoit quelque chose, même à Racine, dans la connoissance du cœur humain,
sous les rapports que la philosophie seule
peut faire découvrir. Mais s'il faut une réflexion approfondie pour démêler ce qu'on
pourroit ajouter encore à de tels chefs-d'œu-

vre ; les bornes de la philosophie , dans le
siècle de Louis xiv, se font sentir d'une manière bien plus remarquable dans les ouvrages littéraires qui n'appartiennent pas à
l'art dramatique. Ces bornes sont l'une des
principales causes de la médiocrité des historiens.

Les guerres religieuses avoient fait naître
un esprit de parti qui change plusieurs his-
toires en plaidoyers théologiques ; l'esprit
de corps , différent encore de l'esprit de
parti, mais non moins éloigné de la vérité ,
dénature également les faits. Enfin le code
de la féodalité donnant pour base à toutes
les institutions , à tous les pouvoirs, les
droits antérieurs consacrés par le temps ,
il n'étoit pas permis de dire la vérité sur le
passé , quelque ancien qu'il pût être ; les
autorités présentes en dépendoient : des
erreurs de tous les genres arrêtoient les
historiens sur tous les sujets, ou , ce qui
étoit plus fâcheux encore, les historiens
adoptoient sincèrement ces erreurs mêmes.

L'homme , en présence de tant d'institutions respectées , de tant de préjugés écla-

tans, de tant de convenances reçues, ne pouvoit pas en appeler à l'indépendance de ses réflexions; sa raison ne devoit pas tout examiner, son ame n'étoit jamais affranchie du joug de l'opinion; la solitude même ne ramenoit pas sa réflexion aux idées naturelles; l'ascendant du monarque et du culte monarchique avoit pénétré dans la conviction intime de tous. Ce n'étoit pas un despotisme qui comprimoit les esprits ni les ames; c'étoit un despotisme qui paroissoit à tous tellement dans la nature des choses, qu'on se façonnoit pour lui comme pour l'ordre invariable de ce qui existe nécessairement.

Un seul asyle restoit encore, la religion, et dans cet asyle, un homme, Bossuet, fit entendre quelques vérités courageuses. Tous les intérêts de la vie étoient soumis au monarque; mais, au nom de la mort, on pouvoit encore lui parler d'égalité. Ces dogmes, ces cérémonies, cet appareil religieux étoient alors la seule barrière de la puissance : on la citoit devant l'éternité; et si les hommes abandonnoient à un homme la disposition de leur existence, ils en appeloient à Dieu qui faisoit trembler les rois.

De nos jours, si le pouvoir absolu d'un seul s'établissoit en France, il nous manqueroit ce recours à des idées majestueuses, à des idées qui, planant sur l'espèce humaine entière, consoloient des hasards du sort; et la raison philosophique opposeroit moins de digues à la tyrannie, que l'indomptable croyance, l'intrépide dévouement de l'enthousiasme religieux.

CHAPITRE XX.

Du dix-huitième Siècle jusqu'en 1789.

CETTE époque est celle où la littérature a donné l'impulsion à la philosophie. Après la mort de Louis XIV, les mêmes abus n'étant plus défendus par le même pouvoir, la réflexion s'est tournée vers les questions qui intéressoient la religion et la politique ; et la révolution des esprits a commencé. Les philosophes anglais connus en France, ont été l'une des premières causes de cet esprit d'analyse qui a conduit si loin les écrivains français ; mais, indépendamment de cette cause particulière, le siècle qui succède au siècle de la littérature est dans tous les pays, comme j'ai tâché de le prouver, celui de la pensée. Heureux, si les Français sont assez favorisés par la destinée, pour que le fil des progrès métaphysiques, des découvertes dans les sciences et des idées philosophiques ne se rompe pas encore entre leurs mains.

La liberté des opinions a commencé, en France, par des attaques contre la religion catholique; d'abord, parce que c'étoient les seules hardiesses sans conséquences pour l'auteur, et, en second lieu, parce que Voltaire, le premier homme qui ait popularisé la philosophie en France, trouvoit dans ce sujet un fonds inépuisable de plaisanteries, toutes dans l'esprit français, toutes dans l'esprit même des hommes de la cour.

Les courtisans ne réfléchissant pas sur la connexion intime qui doit exister entre tous les préjugés, espéroient tout-à-la-fois se maintenir dans une situation fondée sur l'erreur, et se parer eux-mêmes d'un esprit philosophique; ils vouloient dédaigner de certains avantages, en les conservant; ils pensoient qu'on n'éclaireroit sur les abus que leurs possesseurs, et que le vulgaire continueroit à croire, tandis qu'un petit nombre d'hommes jouissant, comme toujours, de la supériorité de leur rang, join-

droient encore à cette supériorité celle de
leurs lumières ; ils se flattoient de pouvoir
regarder long-temps leurs inférieurs comme
des dupes, sans que ces inférieurs se lassas-
sent jamais d'une telle situation. Aucun
homme ne pouvoit, mieux que Voltaire,
profiter de cette disposition des nobles de
France ; car il se peut que lui-même il la
partageât.

Il aimoit les grands seigneurs, il aimoit
les rois ; il vouloit éclairer la société plutôt
que la changer. La grace piquante, le goût
exquis qui régnoient dans ses ouvrages, lui
rendoient presque nécessaire d'avoir pour
juge l'esprit aristocratique. Il vouloit que
les lumières fussent de bon ton, que la philosophie fût à la mode ; mais il ne soulevoit
point les sensations fortes de la nature ; il
n'appeloit pas du fond des forêts, comme
Rousseau, la tempête des passions primi-
tives, pour ébranler le gouvernement sur
ses antiques bases. C'est avec la plaisanterie
et l'arme du ridicule que Voltaire affoiblissoit par degrés l'importance de quelques
erreurs : il déracinoit tout autour ce que

l'orage a depuis si facilement renversé ; mais il ne prévoyoit pas, il ne vouloit pas la révolution qu'il a préparée.

Une république fondée sur un systême d'égalité philosophique n'étant point dans ses opinions, ne pouvoit être son but secret. L'on n'apperçoit point dans ses écrits une idée lointaine, un dessein caché : cette clarté, cette facilité qui distingue ses ouvrages, permet de tout voir, et ne laisse rien à deviner.

Rousseau, portant dans son sein une ame souffrante, que l'injustice, l'ingratitude, les stupides mépris des hommes indifférens et légers avoient long-temps déchirée; Rousseau, fatigué de l'ordre social, pouvoit recourir aux idées purement naturelles. Mais la destinée de Voltaire étoit le chef-d'œuvre de la société, des beaux-arts, de la civilisation monarchique : il devoit craindre même de renverser ce qu'il attaquoit. Le mérite et l'intérêt de la plupart de ses plaisanteries tiennent à l'existence des préjugés dont il se moque.

Tous les ouvrages qui tirent un mérite
quelconque des circonstances du moment,
ne conservent point une gloire inaltérable.
On peut les considérer comme une action
de tel jour, mais non comme des livres im-
mortels. L'écrivain qui ne cherche que dans
l'immuable nature de l'homme, dans la pensée et le sentiment, ce qui doit éclairer les
esprits de tous les temps, ne peut perdre
par les événemens ; ils ne changeront jamais
rien à l'ordre des vérités que cet écrivain développe. Mais quelques-uns des ouvrages en
prose de Voltaire sont déjà comme les Lettres
provinciales : on en aime la tournure ; on
en délaisse le sujet. Que nous font à présent
les plaisanteries sur les juifs ou sur la religion
catholique ! Le temps en est passé : les Phi-
lippiques de Démosthènes, au contraire,
sont toujours contemporaines, parce qu'il
parloit à l'homme, et que l'homme est
resté.

Dans le siècle de Louis xiv, la perfection
de l'art même d'écrire étoit le principal
objet des écrivains ; mais, dans le dix-huitième siècle, on voit déjà la littérature

prendre un caractère différent. Ce n'est plus un art seulement, c'est un moyen; elle devient une arme pour l'esprit humain, qu'elle s'étoit contentée jusqu'alors d'instruire et d'amuser.

La plaisanterie étoit, du temps de Voltaire, comme les apologues dans l'orient, une manière allégorique de faire entendre la vérité sous l'empire de l'erreur. Montesquieu essaya ce genre de raillerie dans ses Lettres persanes; mais il n'avoit point la gaîté naturelle de Voltaire; et c'est à force d'esprit qu'il y suppléa. Des ouvrages d'une plus haute conception ont marqué sa place: des milliers de pensées sont nées de sa pensée. Il a analysé toutes les questions politiques sans enthousiasme, sans systême positif. Il a fait voir; d'autres ont choisi. Mais si l'art social atteint un jour en France à la certitude d'une science dans ses principes et dans son application, c'est de Montesquieu que l'on doit compter ses premiers pas.

Rousseau vint ensuite. Il n'a rien découvert, mais il a tout enflammé; et le senti-

ment de l'égalité, qui produit bien plus
d'orages que l'amour de la liberté, et qui
fait naître des questions d'un tout autre
ordre et des événemens d'une plus terrible
nature, le sentiment de l'égalité, dans sa
grandeur comme dans sa petitesse, se peint
à chaque ligne des écrits de Rousseau, et
s'empare de l'homme tout entier par les vertus comme par les vices de sa nature.

Voltaire a rempli à lui seul cette époque
de la philosophie, où il faut accoutumer les
hommes comme les enfans à jouer avec ce
qu'ils redoutent. Vient ensuite le moment
d'examiner les objets face à face; puis enfin
de s'en rendre maître. Voltaire, Montesquieu, Rousseau ont parcouru ces diverses
périodes des progrès de la pensée; et, comme
les dieux de l'Olympe, ils ont franchi l'espace en trois pas.

La littérature du dix-huitième siècle
s'enrichit de l'esprit philosophique qui le
caractérise. La pureté du style, l'élégance
des expressions n'ont pu faire des progrès
après Racine et Fénélon; mais la méthode

analytique donnant plus d'indépendance à
l'esprit, a porté la réflexion sur une foule
d'objets nouveaux. Les idées philosophiques ont pénétré dans les tragédies, dans les
contes, dans tous les écrits mêmes de pur
agrément; et Voltaire, unissant la grace du
siècle précédent à la philosophie du sien,
sut embellir le charme de l'esprit par toutes
les vérités dont on ne croyoit pas encore
l'application possible.

Voltaire a fait faire des progrès à l'art
dramatique, quoiqu'il n'ait point égalé la
poésie de Racine. Mais sans imiter les inco-
hérences des tragédies anglaises, sans se permettre même de transporter sur la scène
française toutes leurs beautés, il a peint la
douleur avec plus d'énergie que les auteurs
qui l'ont précédé. Dans ses pièces, les sentimens sont plus pénétrans, la passion est
peinte avec plus d'abandon, et les mœurs
théâtrales sont plus rapprochées de la vérité.
Quand la philosophie fait des progrès, tout
marche avec elle; les sentimens se développent avec les idées. Un certain asservissement de l'esprit, empêche l'homme

d'observer ce qu'il éprouve, de se l'avouer, de l'exprimer; et l'indépendance philosophique sert, au contraire, à mieux connoître, et la nature humaine, et la sienne propre. L'émotion produite par les tragédies de Voltaire, est donc plus forte, quoiqu'on admire davantage celles de Racine. Les sentimens, les situations, les caractères que Voltaire représente, tiennent de plus près à nos souvenirs. Il importe au perfectionnement de la morale elle-même que le théâtre nous offre toujours quelques modèles au-dessus de nous; mais l'attendrissement est d'autant plus profond, que l'auteur sait mieux retracer nos propres affections à notre pensée.

Quel rôle est plus touchant au théâtre, que celui de Tancrède ! Phèdre vous inspire de l'étonnement, de l'enthousiasme; mais sa nature n'est point celle d'une femme sensible et délicate. Tancrède, on se le rappelle comme un héros qu'on auroit connu, comme un ami qu'on auroit regretté. La valeur, la mélancolie, l'amour, tout ce qui fait aimer et sacrifier la vie, tous les genres de volupté de l'ame sont réunis dans cet admirable sujet. Défendre la patrie qui nous a proscrits, sauver la femme qu'on aime alors qu'on la croit coupable, l'accabler de générosité, et ne se venger d'elle qu'en se dévouant à la mort, quelle nature sublime, et cependant en harmonie avec toutes les ames tendres ! Cet héroïsme, expliqué par l'amour, n'étonne qu'à la réflexion. L'intérêt que la pièce inspire exalte si fortement les spectateurs, qu'ils se croient tous capables du même dévouement.

Et cette admiration profonde d'Aménaïde pour Tancrède, et cette estime sacrée de Tancrède pour Aménaïde, combien elle ajoute au déchirement de la douleur ! Phèdre qui n'est point aimée, que peut-elle perdre dans la vie ? Mais ce bonheur frappé par le sort, la confiance mutuelle, ce bien suprême, flétri par la calomnie ! l'impression de cette situation est telle, que le spectateur ne pourroit la supporter, si Tancrède mouroit sans apprendre d'Aménaïde qu'elle n'a jamais cessé de l'aimer. La scène déchirante du dénouement produit une sorte de soulagement. Tancrède expire alors qu'il eût souhaité de vivre, et néanmoins il meurt avec un sentiment plus doux.

Eh! qui n'éprouve pas, en effet, qu'il vaut mieux descendre dans la tombe avec des affections qui font regretter la vie, que si l'isolement du cœur nous avoit d'avance frappés de mort? Dans cet avenir incertain qui se présente confusément au-delà du terme de notre être, ceux qui nous ont aimés semblent devoir encore nous suivre; mais si nous avions cessé d'estimer les vertus, de croire à la tendresse; si nous étions déjà seuls, où seroit l'appui d'une espérance? par quelle émotion notre ame pourroit-elle s'élever jusqu'au ciel? dans quel cœur résteroit la trace de cet être passager qui implore la durée? quels vœux s'éleveroient vers l'intelligence suprême, pour lui demander de ne pas briser la chaîne de souvenirs qui unit ensemble deux existences?

Les pensées qui rappellent, de quelque manière, aux hommes ce qui leur est commun

à tous, causent toujours une émotion profonde; et c'est encore sous ce point de vue que
les réflexions philosophiques introduites par
Voltaire dans ses tragédies, lorsque ces réflexions ne sont pas trop prodiguées, rallient
l'intérêt universel aux diverses situations
qu'il met en scène. J'examinerai, dans la
deuxième partie de cet ouvrage, si l'on ne
peut pas adapter encore à notre théâtre
quelques beautés nouvelles, plus rapprochées de l'imitation de la nature; mais on
ne sauroit nier que Voltaire n'ait fait faire
un pas de plus, sous ce rapport, à l'art dramatique, et que la puissance des effets du
théâtre ne s'en soit accrue.

L'illustration littéraire du dix-huitième
siècle est principalement due à ses écrivains en prose. Bossuet et Fénélon doivent, sans doute, être cités, comme les
premiers qui aient donné l'exemple de réunir dans un même langage tout ce que la
prose a de justesse, et la poésie d'imagination. Mais combien Montesquieu, par
l'expression énergique de la pensée, Rousseau, par la peinture éloquente de la pas-

II.

sion, n'ont-ils pas enrichi l'art d'écrire en français?

Le rithme régulier de la versification donne une sorte de plaisir auquel la prose ne peut atteindre ; c'est une sensation physique qui dispose à l'attendrissement ou à — l'enthousiasme ; c'est une difficulté vaincue dont les connoisseurs jugent le mérite, et qui cause même aux ignorans une jouissance qu'ils ne peuvent analyser. Mais il faut aussi convenir de tout le charme, de toute la jouissance des images poétiques et des mouvemens d'éloquence dont la prose perfectionnée nous offre de si beaux exemples. Racine lui-même fait à la rime, à l'hémistiche, au nombre des syllabes, des sacrifices de style ; et s'il est vrai que l'expression juste, celle qui rend jusqu'à la plus délicate nuance, jusqu'à la trace la plus fugitive de la liaison de nos idées ; s'il est vrai que cette expression soit unique dans la langue, qu'elle n'ait point d'équivalent, que jusqu'au choix des transitions grammaticales, des articles entre les mots, tout puisse servir à éclairer une idée, à réveiller un souvenir, à écarter un rapprochement inutile, à transmettre un mouvement comme il est éprouvé, à perfectionner enfin ce talent sublime qui fait communiquer la vie avec la vie, et révèle à l'ame solitaire les secrets d'un autre cœur et les impressions intimes d'un autre être ; s'il est vrai qu'une certaine délicatesse de style ne permettroit pas, dans les périodes éloquentes, le plus léger changement sans en être blessée ; s'il n'est qu'une manière d'écrire le mieux possible, se peut-il qu'avec les règles des vers, cette manière unique puisse toujours se rencontrer ?

L'harmonie du style en prose a fait de grands progrès ; mais cette harmonie ne doit point imiter l'effet musical des beaux vers : si l'on vouloit l'essayer, on rendroit la prose monotone, on cesseroit d'être libre dans le choix de ses expressions, sans être dédommagé par la consonnance de la poésie versifiée. L'harmonie de la prose, c'est celle que la nature indique d'elle-même à nos organes.

Lorsque nous sommes émus, le son de la

voix s'adoucit pour implorer la pitié, l'accent devient plus sévère pour exprimer une
résolution généreuse ; il s'élève, il se précipite lorsqu'on veut entraîner à son opinion les auditeurs incertains qui nous entourent : le talent, c'est la faculté d'appeler
à soi, quand on le veut, toutes les ressources, tous les effets des mouvemens naturels ;
c'est cette mobilité d'ame qui vous fait recevoir de l'imagination l'émotion que les autres hommes ne pourroient éprouver que
par les événemens de leur propre vie. Les
plus beaux morceaux de prose que nous
connoissions, sont la langue des passions
évoquée par le génie. L'homme sans talent
littéraire auroit trouvé ces expressions que
nous admirons, si le malheur avoit profondément agité son ame.

Sur les champs de Philippe, Brutus s'é-
cria : « Oh ! vertu, ne serois-tu qu'un fan-
» tôme » ? Le tribun des soldats romains, les
conduisant à une mort certaine pour forcer
un poste important, leur dit : « Il est néces-
» saire d'aller là, mais il n'est pas nécessaire
» d'en revenir. *Ire illuc necesse est, unde*

» *redire non necesse* ». Arie dit à Petus en lui remettant le poignard : « Tiens, cela ne fait » point de mal ». Bossuet, en faisant l'éloge de Charles 1er dans l'oraison funèbre de sa femme, s'arrête, et dit en montrant son cercueil : « Ce cœur, qui n'a jamais vécu que » pour lui, se réveille, tout poudre qu'il » est, et devient sensible, même sous ce » drap mortuaire, au nom d'un époux si » cher ». Emile, prêt à se venger de sa maîtresse, s'écrie : « Malheureux ! fais-lui » donc un mal que tu ne sentes pas ». Comment distinguer dans de tels mots l'invention de l'histoire, ce qu'il faut attribuer à l'imagination ou à la réalité ? Héroïsme, éloquence, amour, tout ce qui élève l'ame, tout ce qui la soustrait à la personnalité, tout ce qui l'agrandit et l'honore, appartient à la puissance de l'émotion.

Du moment où la littérature commence à se mêler d'objets sérieux, du moment où les écrivains entrevoient l'espérance d'influer sur le sort de leurs concitoyens par le développement de quelques principes, par l'intérêt qu'ils peuvent donner à quelques vérités, le style en prose se perfectionne.

M. de Buffon s'est complu dans l'art d'écrire, et l'a porté très-loin ; mais quoiqu'il fût du dix-huitième siècle, il n'a point dépassé le cercle des succès littéraires : il ne veut faire, avec de beaux mots, qu'un bel ouvrage ; il ne demande aux hommes que leur approbation ; il ne cherche point à les influencer, à les remuer jusqu'au fond de leur ame ; la parole est son but autant que son instrument ; il n'atteint donc pas au plus haut point de l'éloquence.

Dans les pays où le talent peut changer le sort des empires, le talent s'accroît par l'objet qu'il se propose : un si noble but inspire des écrits éloquens par le même mouvement qui rend susceptible d'actions courageuses. Toutes les récompenses de la monarchie, toutes les distinctions qu'elle peut offrir, ne donneront jamais une impulsion égale à celle que fait naître l'espoir d'être utile. La philosophie elle-même n'est qu'une occupation frivole dans un pays où les lumières ne peuvent pénétrer dans les institutions. Lorsque la pensée ne peut jamais conduire à l'amélioration du sort des hommes, elle devient, pour ainsi dire, une occupation efféminée et pédantesque. Celui qui écrit sans avoir agi ou sans vouloir agir sur la destinée des autres, n'empreint jamais son style ni ses idées du caractère ni de la puissance de la volonté.

Vers le dix-huitième siècle, quelques écrivains français ont conçu pour la première fois l'espérance de propager utilement leurs idées spéculatives, leur style en a pris un accent plus mâle, leur éloquence une chaleur plus vraie. L'homme de lettres, alors qu'il vit dans un pays où le patriotisme des citoyens ne peut jamais être qu'un sentiment stérile, est, pour ainsi dire, obligé de se supposer des passions pour les peindre, de s'exciter à l'émotion pour en saisir les effets, de se modifier pour écrire, et de se placer, s'il se peut, en dehors de lui-même pour examiner quel parti littéraire il peut tirer de ses opinions et de ses sentimens.

On apperçoit déjà les premières nuances

du grand changement que la liberté politique doit produire dans la littérature,
en comparant les écrivains du siècle de
Louis XIV et ceux du dix-huitième siècle :
mais quelle force le talent n'acquerroit-il
pas dans un gouvernement où l'esprit seroit
une véritable puissance ? L'écrivain, l'orateur se sent exalté par l'importance morale
ou politique des intérêts qu'il traite, s'il
plaide pour la victime devant l'assassin,
pour la liberté devant les oppresseurs ; si
les infortunés qu'il défend écoutent en trem-
blant le son de sa voix, pâlissent lorsqu'il
hésite, perdent tout espoir si l'expression
triomphante échappe à son esprit convaincu ;
si les destinées de la patrie elle-même lui
sont confiées, il doit essayer d'arracher les
caractères égoïstes à leurs intérêts, à leurs
terreurs, de faire naître dans ses auditeurs
ce mouvement du sang, cette ivresse de la
vertu qu'une certaine hauteur d'éloquence
peut inspirer momentanément, même à des
criminels. Combien, dans une telle situation, avec un tel dessein, ne surpassera-t-il
pas ses propres forces ? Il trouvera des idées,
des expressions que l'ambition du bien peut

seule faire découvrir ; il sentira son génie battre dans son sein ; il pourra s'écrier un jour avec transport, en relisant ce qu'il aura écrit , ce qu'il aura dit dans un tel moment, comme Voltaire en entendant déclamer ses vers : «Non, ce n'est pas moi qui ai fait cela». Ce n'est pas, en effet, l'homme isolé, l'homme armé seulement de ses facultés individuelles, qui atteint de son propre essor à ces pensées d'éloquence dont l'irrésistible autorité dispose de tout notre être moral : c'est l'homme alors qu'il peut sauver l'innocence , c'est l'homme alors qu'il peut renverser le despotisme, c'est l'homme enfin lorsqu'il se consacre au bonheur de l'humanité : il se croit, il éprouve une inspiration surnaturelle.

La révolution permet-elle à la France tant d'émulation et tant de gloire ? C'est ce que j'examinerai dans la deuxième partie de cet ouvrage. Ici se terminent mes réflexions sur le passé. Je vais maintenant examiner l'esprit actuel, et présenter quelques conjectures sur l'avenir. Des intérêts plus animés, des passions encore vivantes jugeront ce nouvel ordre de recherches ; mais je sens néanmoins que je puis analyser le présent avec autant d'impartialité que si le temps avoit depuis long-temps dévoré les années que nous parcourons.

De toutes les abstractions que permet la méditation solitaire, la plus facile, ce me semble, c'est de généraliser ses observations sur ce qu'on voit, comme celles que l'on feroit sur l'histoire des siècles précédens. L'exercice de la pensée, plus que tout autre acte de la vie, détache des passions personnelles. L'enchaînement des idées et la progression croissante des vérités philosophiques fixent l'attention de l'esprit bien plus que les rapports passagers, incohérens, et partiels qui peuvent exister entre nos circonstances particulières et les événemens de notre temps.

FIN DE LA PREMIÈRE PARTIE.

SECONDE PARTIE.

DE L'ÉTAT ACTUEL DES LUMIÈRES EN FRANCE, ET DE LEURS PROGRÈS FUTURS.

CHAPITRE PREMIER.

Idée générale de la seconde Partie.

J'AI suivi l'histoire de l'esprit humain depuis Homère jusqu'en 1789. Dans mon orgueil national, je regardois l'époque de la révolution de France comme une ère nouvelle pour le monde intellectuel. Peut-être n'est-ce qu'un événement terrible!—peut-être l'empire d'anciennes habitudes ne permet-il pas que cet événement puisse amener de long-temps ni une institution féconde, ni un résultat philosophique. Quoi qu'il en soit, cette seconde partie contenant quelques idées générales sur les progrès de l'esprit humain, il peut être

utile de développer ces idées, dussent-elles
ne trouver leur application que dans un
autre pays ou dans un autre siècle.

Je crois donc toujours intéressant d'examiner quel devroit être le caractère de la
littérature d'un grand peuple, d'un peuple
éclairé, chez lequel seroient établies la liberté, l'égalité politique, et les mœurs qui
s'accordent avec ses institutions. Il n'est
qu'une nation dans l'univers à laquelle puissent convenir dès-à-présent quelques-unes
de ces réflexions : ce sont les Américains.
Ils n'ont point encore de littérature formée:
mais quand leurs magistrats sont appelés à
s'adresser, de quelque manière, à l'opinion
publique, ils possèdent éminemment le don
de remuer toutes les affections de l'ame, par
l'expression des vérités simples et des sentimens purs ; et c'est déjà connoître les plus
utiles secrets du style. Qu'il soit donc admis
que les considérations qu'on va lire, quoiqu'elles aient été composées pour la France
en particulier, sont néanmoins susceptibles,
sous divers rapports, d'une application plus
générale.

Toutes les fois que je parle des modifications et des améliorations que l'on peut espérer dans la littérature française, je suppose toujours l'existence et la durée de la liberté et de l'égalité politique. En faut-il conclure que je crois à la possibilité de cette liberté et de cette égalité ? Je n'entreprends point de résoudre un tel problême. Je me décide encore moins à renoncer à un tel espoir. Mon but est de chercher à connoître quelle seroit l'influence qu'auroient sur les lumières et sur la littérature les institutions qu'exigent ces principes, et les mœurs que ces institutions amèneroient.

Il est impossible de séparer ces observations, lorsqu'elles ont la France pour objet, des effets déjà produits par la révolution même; ces effets, l'on doit en convenir, sont au détriment des mœurs, des lettres et de la philosophie. Dans le cours de cet ouvrage, j'ai montré comment le mélange des peuples du nord et de ceux du midi avoit causé pendant un temps la barbarie, quoiqu'il en fût résulté, par la suite, de très-grands progrès pour les lumières et la civilisation. L'introduction d'une nouvelle classe dans le gouvernement de France, devoit produire un effet semblable. Cette révolution peut, à la longue, éclairer une plus grande masse d'hommes ; mais, pendant plusieurs années, la vulgarité du langage, des manières, des opinions, doit faire rétrograder, à beaucoup d'égards, le goût et la raison.

Personne ne conteste que la littérature ne soit tombée en décadence depuis que la terreur a moissonné, dans la France, les hommes, les caractères, les sentimens et les idées. Mais sans analyser les résultats de ce temps horrible qu'il faut considérer comme tout-à-fait en dehors du cercle que parcourent les événemens de la vie, comme un phénomène monstrueux que rien n'explique et rien ne produit, il est dans la nature même de la révolution d'arrêter, pendant quelques années, les progrès des lumières, et de leur donner ensuite une impulsion nouvelle. Il faut donc examiner d'abord les deux principaux obstacles qui se sont opposés au développement des esprits, la perte

de l'urbanité des mœurs, et celle de l'émulation que pouvoient exciter les récompenses de l'opinion. Quand j'aurai présenté
les diverses idées qui tiennent à ce sujet, je
considérerai de quelle perfectibilité la littérature et la philosophie sont susceptibles, si nous nous corrigeons des erreurs
révolutionnaires, sans abjurer avec elles les
vérités qui intéressent l'Europe pensante à
la fondation d'une république libre et juste.

Mes conjectures sur l'avenir seront le résultat de mes observations sur le passé. J'ai
essayé de démontrer comment la démocra-
tie de la Grèce, l'aristocratie de Rome, le
paganisme des deux nations donnèrent un
caractère aux beaux arts et à la philosophie;
comment la férocité du nord se mêlant à
l'avilissement du midi, l'un et l'autre, mo-
difiés par la religion chrétienne, ont été
les principales causes de l'état des esprits
dans le moyen âge. J'ai tenté d'expliquer les
contrastes singuliers de la littérature ita-
lienne, par les souvenirs de la liberté et les
habitudes de la superstition ; la monarchie
la plus aristocratique dans ses mœurs, et

la constitution royale la plus républicaine
dans ses habitudes, m'ont paru l'origine première des différences les plus frappantes
entre la littérature anglaise et la littérature
française. Il me reste maintenant à examiner, d'après l'influence que les loix, les
religions et les mœurs ont exercée de tous
les temps sur la littérature, quels changemens les institutions nouvelles, en France,
pourroient apporter dans le caractère des
écrits. Si telles institutions politiques ont
amené tels résultats en littérature, on doit
pouvoir présager par analogie, comment ce
qui ressemble ou ce qui diffère dans les causes
modifieroit les effets.

Les nouveaux progrès littéraires et philosophiques que je me propose d'indiquer, con-
tinueront le développement du système de
perfectibilité dont j'ai tracé la marche depuis
les Grecs. Il est aisé de montrer combien les
pas qu'on feroit dans cette route seroient ac-
célérés, si tous les préjugés autour desquels
il faut faire passer le chemin de la vérité
étoient applanis, et s'il ne s'agissoit plus, en

philosophie, que d'avancer directement de
démonstrations en démonstrations.

Telle est la marche adoptée dans les sciences
positives, qui font chaque jour une décou-
verte de plus, et ne rétrogradent jamais. Oui,
dût cet avenir, que je me complais à tracer,
être encore éloigné, il sera néanmoins utile
de rechercher ce qu'il pourroit être. Il faut
vaincre le découragement que font éprouver
de certaines époques de l'esprit public, dans
lesquelles on ne juge plus rien que par des
craintes ou par des calculs entièrement étrangers à l'immuable nature des idées philosophiques. C'est pour obtenir du crédit ou
du pouvoir qu'on étudie la direction de l'opinion du moment ; mais qui veut penser,
qui veut écrire, ne doit consulter que la
conviction solitaire d'une raison méditative.

Il faut écarter de son esprit les idées qui
circulent autour de nous, et ne sont, pour
ainsi dire, que la représentation métaphysique de quelques intérêts personnels ; il faut
tour-à-tour précéder le flot populaire, ou
rester en arrière de lui : il vous dépasse,

il vous rejoint, il vous abandonne; mais l'éternelle vérité demeure avec vous.

La conscience de l'esprit cependant ne peut être un aussi ferme appui que la conscience de l'ame. Ce que la morale commande dans les actions, n'est jamais douteux; mais souvent on hésite, souvent on se repent de ses opinions mêmes, lorsque des hommes odieux s'en saisissent pour les faire servir de prétexte à leurs forfaits; et la vacillante lumière de la raison ne rassure point encore assez dans de certaines tourmentes de la vie.

Néanmoins, ou l'esprit ne seroit qu'une inutile faculté, ou les hommes doivent toujours tendre vers de nouveaux progrès en avant de l'époque dans laquelle ils vivent. Il est impossible de condamner la pensée à revenir sur ses pas, avec l'espérance de moins et les regrets de plus; l'esprit humain, privé d'avenir, tomberoit dans la dégradation la plus misérable. Cherchons-le donc cet avenir, dans les productions littéraires et les idées philosophiques. Un jour peut-être ces idées seront appliquées aux institutions avec plus de maturité; mais en attendant, les facultés de l'esprit pourront du moins avoir une direction utile ; elles serviront encore à la gloire de la nation.

Si vous portez des talens supérieurs au milieu des passions humaines, vous vous persuaderez bientôt que ces talens mêmes ne sont qu'une malédiction du ciel ; mais vous les retrouverez comme des bienfaits, si vous pouvez croire encore au perfectionnement de la pensée, si vous entrevoyez de nouveaux rapports entre les idées et les sentimens, si vous pénétrez plus avant dans la connoissance des hommes, si vous pouvez ajouter un seul degré de force à la morale, si vous vous flattez enfin de réunir par l'éloquence les opinions éparses de tous les amis des vérités généreuses.

CHAPITRE II.

Du goût, de l'urbanité des mœurs, et de leur influence littéraire et politique.

On s'est persuadé pendant quelque temps, en France, qu'il falloit faire aussi une révolution dans les lettres, et donner aux règles du goût, en tout genre, la plus grande latitude. Rien n'est plus contraire aux progrès de la littérature, à ces progrès qui servent si efficacement à la propagation des lumières philosophiques, et par conséquent au maintien de la liberté. Rien n'est plus funeste à l'amélioration des mœurs, l'un des premiers buts que les institutions républicaines doivent se proposer. Les délicatesses exagérées de quelques sociétés de l'ancien régime n'ont aucun rapport sans doute avec les vrais principes du goût, toujours conformes à la raison; mais l'on pouvoit bannir de certaines loix de convention sans renverser les barrières qui tracent la route du génie, et conservent, dans les discours comme dans les écrits, la convenance et la dignité.

Un certain despotisme de goût et de manières qui s'étoit établi dans les classes aristocratiques, sous la monarchie, est le seul motif que l'on allègue pour changer entièrement le ton et les formes qui maintiennent les égards et servent à la considération. Il est donc utile de caractériser les défauts qu'on peut reprocher à quelques prétentions, à quelques plaisanteries, à quelques exigeances des sociétés de l'ancien régime, afin de montrer ensuite avec d'autant plus de force, quels ont été les détestables effets, littéraires et politiques, de l'audace sans mesure, de la gaîté sans grace, et de la vulgarité avilissante qu'on a voulu introduire dans quelques époques de la révolution. De l'opposition de ces deux extrêmes, les idées factices de la monarchie et les systêmes grossiers de quelques hommes pendant la révolution, résultent nécessairement des réflexions justes sur la simplicité noble qui doit caractériser, dans la répu-

blique, les discours, les écrits et les manières.

La nation française étoit, à quelques
égards, trop civilisée; ses institutions, ses
habitudes sociales avoient pris la place des
affections naturelles. Dans les républiques
anciennes, et sur-tout à Lacédémone, les
loix s'emparoient du caractère individuel
de chaque citoyen, les formoient tous sur
le même modèle, et les sentimens politiques
absorboient tout autre sentiment. Ce que
Lycurgue avoit produit par ses loix en faveur de l'esprit républicain, la monarchie
française l'avoit opéré par l'empire de ses
préjugés en faveur de la vanité des rangs.

Cette vanité occupoit seule presque toutes les classes : l'homme ne vivoit que pour
faire effet autour de lui, pour obtenir une
supériorité de convention sur son concur-
rent immédiat, pour exciter l'envie qu'il
ressentoit à son tour. D'individus en individus, de classe en classe, la vanité souffrante n'étoit en repos que sur le trône; dans
toute autre situation, depuis les plus éle-

vées jusqu'aux dernières, on passoit sa vie
à se comparer avec ses égaux ou ses supérieurs ; et loin de prendre en soi le sentiment de sa propre valeur, on cherchoit dans
les regards des autres l'idée qu'ils se faisoient
de l'importance qu'on avoit acquise parmi
ses pareils.

Cette contention d'esprit sur des intérêts
frivoles en tout, excepté par l'influence
qu'ils exerçoient sur le bonheur, ce besoin
de réussir, cette crainte de déplaire, alté-
roient, exagéroient souvent les vrais principes du goût naturel : il y avoit le goût de
tel jour, celui de telle classe, enfin celui qui
devoit naître de l'esprit général créé par
de semblables rapports. Il existoit des sociétés qui pouvoient, par des allusions à
leurs habitudes, à leurs intérêts, même à
leurs caprices, ennoblir de certains tours
familiers, ou proscrire de certaines beautés
simples. En se montrant étranger à ces
mœurs de sociétés, on se classoit comme
inférieur ; et l'infériorité du rang est de
mauvais goût dans un pays où il existe des
rangs. Le peuple se moque du peuple, tant

qu'il n'a point reçu l'éducation de la liberté,
et l'on n'auroit fait que se rendre ridicule en
France si, même avec des idées fortes, on
eût voulu s'affranchir du ton qui étoit dicté
par l'ascendant de la première classe.

Ce despotisme d'opinion, en s'étendant
trop loin, pouvoit nuire enfin au véritable
talent. Chaque jour on mettoit plus de subti-
lité dans les règles de la politesse et du goût;
on s'éloignoit toujours plus dans les mœurs
des impressions de la nature. L'aisance des
manières existoit sans l'abandon des sentimens; la politesse classoit au lieu de réunir; et tout le naturel, toute la simplicité nécessaire à la perfection de la grace,
n'empêchoit pas de veiller avec une attention constante ou avec une distraction feinte
sur le maintien des moindres signes de toutes les distinctions sociales.

On vouloit cependant établir un genre
d'égalité; c'étoit celle qui met extérieure-
ment au même niveau tous les esprits et
tous les caractères : on vouloit cette égalité

qui pèse sur les hommes distingués, et sou-
lage la médiocrité jalouse. Il falloit et parler
et se taire comme les autres, connoître les
usages pour ne rien inventer, ne rien hasar-
der ; et c'étoit en imitant long-temps les
manières reçues, qu'on acquéroit enfin le
droit de prétendre à une réputation à soi.
Un certain art d'éviter les écueils de l'esprit étoit le seul usage de l'esprit même,
et le vrai talent se sentoit souvent op-
pressé par tous ces liens de convenance.
Cette sorte de goût, plutôt efféminé que
délicat, qui se blesse d'un essai nouveau,
d'un bruit éclatant, d'une expression énergique, arrêtoit l'essor des ames ; le génie ne
peut ménager tous ces égards artificiels ; la
gloire est orageuse, et les flots tumultueux
de son cortége populaire doivent briser ces
légères digues.

Mais la société, c'est-à-dire, des rapports
sans but, des égards sans subordination, un
théâtre où l'on apprécioit le mérite par les
données les plus étrangères à sa véritable
valeur ; la société, dis-je, en France, avoit
créé cette puissance du ridicule que l'homme

le plus supérieur n'auroit pu braver. De tous les moyens qui peuvent déconcerter l'émulation des caractères généreux, le plus puissant est l'arme de la moquerie. L'apperçu fin et juste du petit côté d'un grand caractère, des foiblesses d'un beau talent, trouble jusqu'à cette confiance en ses propres forces, dont le génie a besoin; et le principe de l'action peut mourir en un cœur généreux, par la plus légère piqûre d'une raillerie calme et indifférente.

La nature a créé des remèdes aux grandes douleurs de l'homme; le génie est de force avec l'adversité, l'ambition avec les périls, la vertu avec la calomnie; mais le ridicule peut s'insinuer dans la vie, s'attacher aux qualités mêmes, et les miner sourdement à leur insu.

L'insouciance dédaigneuse exerce un grand pouvoir sur l'enthousiasme le plus pur; la douleur même perd jusqu'à l'éloquence dont la nature l'a douée, lorsqu'elle rencontre un esprit moqueur; l'expression énergique, l'accent abandonné, l'action même, l'action généreuse est inspirée par une sorte de confiance dans les sentimens de ceux qui nous environnent; une froide plaisanterie peut la glacer.

L'esprit moqueur s'attaque à quiconque met une grande importance à quelque objet que ce soit dans le monde; il se rit de tous ceux qui sont dans le sérieux de la vie et croient encore aux sentimens vrais et aux intérêts graves. Sous ce rapport, il n'est pas dépourvu d'une sorte de philosophie; mais cet esprit décourageant arrête le mouvement de l'ame qui porte à se dévouer; il déconcerte jusqu'à l'indignation; il flétrit l'espérance de la jeunesse. Il n'y a que le vice insolent qui soit au-dessus de ses atteintes. En effet, l'esprit moqueur essaie rarement de l'attaquer; il est même tenté d'avoir de la considération pour le caractère qu'il n'a pas la puissance d'affliger.

Cette tyrannie du ridicule qui caractérisoit éminemment les dernières années de l'ancien régime, après avoir poli le goût, finissoit par user la force; et la littérature s'en seroit nécessairement ressentie. Il faut donc, pour donner aux écrits plus d'élévation, et aux caractères plus d'énergie, ne pas soumettre le goût aux habitudes élégantes et recherchées des sociétés aristocratiques, quelque remarquables qu'elles soient par la perfection de la grace; leur despotisme entraîneroit de graves inconvéniens pour la liberté, l'égalité politique, et même la haute littérature : mais combien le mauvais goût, poussé jusqu'à la grossièreté, ne s'opposeroit-il pas à la gloire littéraire, à la morale, à la liberté, à tout ce qui peut exister de bon et d'élevé dans les rapports des hommes entre eux?

Depuis la révolution, une vulgarité révoltante dans les manières, s'est trouvée souvent réunie à l'exercice d'une autorité quelconque. Or les défauts de la puissance sont contagieux. En France sur-tout, il semble que le pouvoir, non-seulement influe sur les actions, sur les discours, mais presque sur la pensée intime des flatteurs qui entourent les hommes puissans. Les courtisans de tous les régimes imitent ceux qu'ils louent; ils se pénètrent d'estime pour ceux dont ils ont besoin; ils oublient que le soin même de leur intérêt n'exige que les démonstrations extérieures, et qu'il n'est pas nécessaire de fausser jusqu'à son jugement pour se montrer ce qu'on veut paroître.

Le mauvais goût, tel qu'on l'a vu dominer pendant de certaines années de la révolution, n'est pas nuisible seulement aux relations de la société et à la littérature; il porte atteinte à la morale. On se permet de plaisanter sur ses propres vices, sur sa propre bassesse, de les avouer avec impudence, de se jouer des ames timides qui répugnent encore à cette avilissante gaîté. Ces esprits forts d'un nouveau genre se jouent de leur propre honte, et se croient d'autant plus spirituels, qu'ils ont excité plus d'étonnement autour d'eux.

Les paroles grossières ou cruelles que des hommes en pouvoir se sont souvent permises dans la conversation, devoient, à la longue, dépraver leur ame, en même-temps

qu'elles agissoient sur la morale de ceux
qui les écoutoient.

Une belle loi d'Angleterre, interdit aux
hommes que leur profession oblige à ver-
ser le sang des animaux, la faculté d'exercer des fonctions judiciaires. En effet, indépendamment de la morale qui se fonde
sur la raison, il y a celle de l'instinct naturel, celle dont les impressions sont irréflé-
chies et irrésistibles. Lorsqu'en s'accoutu-
mant à voir souffrir les animaux, on parvient à vaincre la répugnance des sens pour
le spectacle de la douleur, l'on devient
beaucoup moins accessible à la pitié, même
pour les hommes; du moins l'on n'éprouve
plus involontairement ses impressions. Les
paroles tout-à-la-fois vulgaires et féroces
produisent, à quelques égards, le même effet
que la vue du sang : lorsqu'on s'habitue à
les prononcer, les idées qu'elles retracent
deviennent plus familières. Les hommes,
à la guerre, s'excitent aux mouvemens de
fureur qui doivent les animer, en se servant
sans cesse du langage le plus grossier. La
justice et l'impartialité nécessaires à l'admi-

nistration civile, font un devoir de certaines formes, de certaines expressions qui calment celui qui s'en sert et celui qui les écoute.

Le bon goût dans le langage et dans les manières de ceux qui gouvernent, inspirant plus de respect, rend les moyens de terreur moins nécessaires. Il est difficile qu'un magistrat, dont le ton révolte les ames, n'ait pas besoin de recourir à la persécution pour obtenir l'obéissance.

Un certain nuage d'illusions et de souvenirs environne les rois; mais les hommes élus, commandant au nom de leur supériorité personnelle, ont besoin de tous les signes extérieurs de cette supériorité; et quel signe plus évident que ce bon goût qui, se retrouvant dans toutes les paroles, dans tous les gestes, dans tous les accens, dans toutes les actions même, annonce une ame paisible et fière, qui saisit tous les rapports dans tous les instans, et ne perd jamais ni le sentiment d'elle-même, ni les égards qu'elle doit aux autres. C'est ainsi que le bon goût exerce une véritable influence politique.

On est assez généralement convaincu que l'esprit républicain exige un changement dans le caractère de la littérature. Je crois cette idée vraie, mais dans une acception différente de celle qu'on lui donne. L'esprit républicain exige plus de sévérité dans le bon goût, qui est inséparable des bonnes mœurs. Il permet aussi, sans doute, de transporter dans la littérature des beautés plus énergiques, un tableau plus philosophique et plus déchirant des grands événemens de la vie. Montesquieu, Rousseau, Condillac, appartenoient d'avance à l'esprit républicain, et ils avoient commencé la révolution desirable dans le caractère des ouvrages français : il faut achever cette révolution. La république développant nécessairement des passions plus fortes, l'art de peindre doit s'accroître en même-temps que les sujets s'agrandissent ; mais par un bizarre contraste, c'est sur-tout dans le genre licencieux et frivole qu'on a voulu profiter de la liberté que l'on croyoit avoir acquise en littérature.

On se rappeloit la réputation que l'esprit français avoit méritée dans toute l'Europe, et l'on croyoit la conserver en s'abandonnant à tout ce que réprouvent et la délicatesse et le bon goût. J'ai dit dans la première partie de cet ouvrage toutes les causes qui ont donné naissance à la grace française; il n'en est aucune qui subsiste maintenant; il n'en est aucune qui puisse se renouveler, si la combinaison que l'on suppose admet la liberté et l'égalité politique.

Les modèles pleins de grace que nous avons dans la langue, pourront servir de guide aux Français, mais comme ils en servent aux nations étrangères. Ce qui renouveloit en France le même esprit, c'étoit le ton, les manières de ce qu'on appeloit la bonne compagnie. Dans un pays où il y aura de la liberté, l'on s'occupera beaucoup plus souvent, en société, des affaires politiques que de l'agrément des formes et du charme de la plaisanterie. Dans un pays où subsistera l'égalité politique, tous les genres de mérite seront admis; et il n'existera point une société exclusive, s'occupant uniquement de la perfection de l'esprit de société, et réunissant en elle tout l'ascendant de la fortune et du pouvoir. Or, sans ce tribunal toujours existant, l'esprit des jeunes gens ne peut se former au tact délicat, à la nuance fine et juste, qui peut seule donner aux écrits dans le genre léger cette grace de convenance et ce mérite de goût tant admiré dans quelques écrivains français, et particulièrement dans les pièces fugitives de Voltaire.

La littérature se perdra complètement en France, si l'on multiplie ces essais prétendus gracieux qui ne nous rendent plus que ridicules: on peut encore trouver de la vraie gaîté dans le bon comique; mais quant à cette gaîté badine dont on nous a accablés presque au milieu de tous nos malheurs, si l'on en excepte quelques hommes qui se souviennent encore du temps passé, toutes les tentatives nouvelles en ce genre corrompent le goût littéraire en France, et nous

mettent au-dessous de tous les peuples sérieux de l'Europe.

Avant la révolution, l'on avoit souvent
remarqué qu'un Français étranger à la société des premières classes, se faisoit reconnoître comme inférieur dès qu'il vouloit
plaisanter : tandis qu'un Anglais, ayant toujours de la gravité et de la simplicité dans
les manières, vous pouviez plus difficilement savoir en l'écoutant à quel rang de la
société il appartenoit. Il faut, malgré les différences qui existeront long-temps encore
entre les deux nations, que les écrivains
français se hâtent d'appercevoir qu'ils n'ont
plus les mêmes moyens de succès dans l'art
de la plaisanterie ; et loin de penser que la
révolution leur ait donné plus de latitude à
cet égard, ils doivent se veiller avec plus de
soin sur le bon goût, puisque la société et
toutes les sociétés confondues après une révolution, n'offrent presque plus de bons
modèles, et n'inspirent pas ces habitudes de
tous les jours, qui font de la grace et du
goût votre propre nature, sans que la réflexion ait besoin de vous les rappeler.

Les préceptes du goût, dans leur application à la littérature républicaine, sont
d'une nature plus simple, mais non moins
rigoureuse que les préceptes du goût adoptés
par les écrivains du siècle de Louis XIV.
Sous la monarchie, une foule d'usages subs-
tituoient quelquefois le ton de la convenance
à celui de la raison, les égards de la société
aux sentimens du cœur; mais dans une république, le goût ne devant consister que
dans la connoissance parfaite de tous les
rapports vrais et durables, manquer aux
principes de ce goût, ce seroit ignorer la
véritable nature des choses.

Il étoit souvent nécessaire, sous la monarchie, de déguiser une censure hardie,
de voiler une opinion nouvelle sous la forme
des préjugés reçus; et le goût qu'il falloit
apporter dans ces différentes tournures exigeoit une finesse d'esprit singulièrement délicate. Mais la parure de la vérité, dans un
pays libre, est d'accord avec la vérité même.
L'expression et le sentiment doivent dériver
de la même source.

L'on n'est point astreint, dans un pays

libre, à se renfermer toujours dans le cercle des mêmes opinions, et la variété des formes n'est point nécessaire pour cacher la monotonie des idées. L'intérêt de la progression existe toujours, puisque les préjugés ne mettent point de bornes à la carrière de la pensée ; l'esprit donc, n'ayant plus à lutter contre l'ennui, acquiert plus de simplicité, et ne risque point, pour ranimer l'attention, ces graces maniérées que réprouve le goût naturel.

Un tour de force assez difficile, qu'on se permettoit dans l'ancien régime, c'étoit l'art d'offenser les mœurs sans blesser le goût, et de jouer avec la morale, en mettant autant de délicatesse dans l'expression que d'indécence dans les principes. Rien heureusement ne convient moins que ce talent aux vertus, comme à l'esprit que doivent avoir des républicains. Dès qu'on briseroit une barrière, on n'en respecteroit plus aucune ; les rapports de la société n'auroient pas assez de puissance pour arrêter encore, quand les liens sacrés ne retiendroient plus.

D'ailleurs il faut, pour réussir dans ce genre dangereux qui réunit la grace des formes à la dépravation des sentimens, une finesse d'esprit extraordinaire; et l'exercice un peu fort de ses facultés, auquel on est appelé dans une république, fait perdre cette finesse. Le tact le plus délicat est nécessaire pour donner à l'immoralité cette grace, sans laquelle les hommes mêmes les plus corrompus repousseroient avec dégoût, les tableaux, et les principes du vice.

Je parlerai dans un autre chapitre de la gaîté des comédies, de celle qui tient à la connoissance du cœur humain; mais il me paroît vraisemblable que les Français ne seront plus cités pour cet esprit aimable, élégant et gai qui faisoit le charme de la cour. Le temps fera disparoître les hommes qui sont encore des modèles en ce genre, et l'on finira par en perdre le souvenir; car il ne suffit pas des livres pour se le rappeler. Ce qui est plus fin que la pensée ne peut être appris que par l'habitude. Si la société qui inspiroit cette sorte d'instinct, ce tact rapide, est anéantie, le tact et l'instinct doivent finir avec elle. Il faut renoncer à tout ce qui ne peut s'apprendre que par tel genre de vie, et non par des combinaisons générales, quand ce genre de vie n'existe plus.

Un homme d'esprit disoit : *Le bonheur est un état sérieux.* On peut en affirmer autant de la liberté. La dignité d'un citoyen est plus importante que celle d'un sujet; car, dans une république, il faut que chaque homme de talent soit un obstacle de plus à l'usurpation politique. Cette honorable mission dont on est revêtu par sa propre conscience, c'est la noblesse du caractère qui peut seule lui donner quelque force.

On a vu des hommes autrefois réunir l'élévation des manières à l'usage presque habituel de la plaisanterie; mais cette réunion suppose une perfection de goût et de délicatesse, un sentiment de sa supériorité, de son pouvoir, de son rang même, que ne développe pas l'éducation de l'égalité. Cette grace tout-à-la-fois imposante et légère, ne doit pas convenir aux mœurs républicaines; elle caractérise trop distincte-

ment les habitudes d'une grande fortune
et d'un état élevé. La pensée est plus démo-
cratique ; elle croît au hasard parmi tous
les hommes assez indépendans pour avoir
quelque loisir. C'est donc elle, avant tout,
qu'il faut encourager, en se livrant moins
en littérature aux objets qui appartiennent
exclusivement à la grace des formes.

Ce que notre destinée a eu de terrible,
force à penser; et si les malheurs des nations
grandissent les hommes, c'est en les cor-
rigeant de ce qu'ils avoient de frivole, c'est
en concentrant, par la terrible puissance de
la douleur, leurs facultés éparses.

Il faut consacrer le goût en littérature
à l'ornement des idées; son utilité n'en sera
pas moins grande ; car il est prouvé que
les idées les plus profondes, et les sentimens les plus nobles ne produisent aucun
effet, si des défauts de goût remarquables
détournent l'attention, brisent l'enchaînement des pensées, ou déconcertent la suite
d'émotions qui conduit votre esprit à de
grands résultats, et votre ame à des impressions durables.

On se plaindra de la foiblesse de l'esprit humain qui s'attache à telle expression déplacée, au lieu de s'occuper uniquement de ce qui est vraiment essentiel; mais dans les plus violentes situations de la vie, au moment même de périr, on a vu plusieurs fois qu'un incident ridicule pouvoit distraire les hommes de leur propre malheur. Comment peut-on espérer que des pensées, qu'un ouvrage pourront captiver tellement l'intérêt, que l'inconvenance du style ne détourne pas l'attention du lecteur?

C'est un miracle du talent que d'arracher ceux qui vous écoutent, ou qui vous lisent, à leur amour-propre; mais si des défauts de goût offrent aux juges, quels qu'ils soient, une occasion de montrer, en vous critiquant, l'esprit qu'ils ont eux-mêmes, ils la saisissent nécessairement, et ne songent plus ni aux idées, ni aux sentimens de l'auteur.

Le goût nécessaire à la littérature républicaine, dans les livres sérieux comme dans les ouvrages d'imagination, n'est point un talent à part; c'est le perfectionnement de tous les talens ; et loin qu'il s'oppose en rien ni aux sentimens profonds, ni aux expressions énergiques, la simplicité qu'il commande, le naturel qu'il inspire, sont les seuls ornemens qui puissent convenir à la force.

L'urbanité des mœurs, de même que le bon goût, dont elle fait partie, est d'une grande importance littéraire et politique. Quoique la littérature doive s'affranchir dans la république beaucoup plus facilement que dans la monarchie, de l'empire du ton reçu dans la société, il est impossible que les modèles de la plupart des ouvrages d'imagination ne soient pas pris dans les exemples qui s'offrent habituellement aux regards. Or, que deviendront les écrits qui prennent nécessairement l'empreinte des mœurs, si les manières vulgaires, ces manières qui font ressortir les défauts et les désavantages de tous les caractères, continuoient à dominer ?

Il resteroit aux littérateurs français des ouvrages anciens dont ils pourroient encore se pénétrer ; mais leur imagination ne seroit point inspirée par les objets qui les environneroient; elle s'alimenteroit par la lecture, mais jamais par les impressions qu'ils éprouveroient eux-mêmes. Ils ne réuniroient presque jamais dans les compositions littéraires le naturel des observations avec la noblesse des sentimens; loin de s'aider de leurs souvenirs, ils auroient besoin de les écarter, à peine le recueillement de l'ame pourroit-il encore donner quelquefois l'idée du vrai beau.

L'on dira peut-être que la politesse est un avantage si léger, qu'on peut en être privé sans que ce défaut porte la moindre atteinte aux grandes et véritables qualités qui constituent la force et l'élévation du caractère. Si l'on appelle politesse les formes de galanterie du siècle de Louis XIV, certes les premiers hommes de l'antiquité n'en avoient pas la moindre idée, et ils n'en sont pas moins les modèles les plus imposans que l'histoire et l'imagination même puissent offrir à l'admiration des siècles. Mais si la politesse est la juste mesure des relations des hommes entr'eux, si elle indique ce qu'on croit être et ce qu'on est; si elle apprend aux autres ce qu'ils sont ou ce qu'on les suppose, un grand nombre de sentimens et de pensées se rallient à la politesse.

Les formes varient sans doute suivant les caractères, et la même bienveillance peut s'exprimer avec douceur ou avec brusquerie; mais pour discuter philosophiquement l'importance de la politesse, c'est dans son acception la plus étendue qu'il faut considérer le sens général de ce mot, sans vouloir s'arrêter à toutes les diversités que peut faire naître chaque caractère.

La politesse est le lien que la société a établi entre les hommes étrangers les uns aux autres. Il y a des vertus qui vous attachent à votre famille, à vos amis, aux malheureux; mais dans tous les rapports qui n'ont point pris encore le caractère d'un devoir, l'urbanité des mœurs prépare les affections, rend la conviction plus facile, et conserve à chaque homme le rang que son mérite doit lui obtenir dans le monde. Elle marque le degré de considération auquel

chaque individu s'est élevé; et sous ce rapport, elle dispense le prix, objet des travaux de toute la vie. Examinons maintenant sous combien de formes diverses doivent se présenter les funestes effets de la
grossièreté dans les manières, et quel doit
être le caractère de la politesse qui convient
à l'esprit républicain.

Les femmes et les grands hommes, l'amour
et la gloire, sont les seules pensées, les seuls
sentimens qui retentissent vivement à l'ame.
Mais comment retrouveroit-on l'image pure
et fière d'une femme, dans un pays où les
relations de société ne seroient pas surveil-
lées par la plus rigoureuse décence ? Où
prendroit-on le type des vertus, lorsque les
femmes elles-mêmes, ces juges indépendans
des combats de la vie, auroient laissé flétrir
en elles le noble instinct des sentimens élevés ? Une femme perd de son charme non-
seulement par les paroles sans délicatesse
qu'elle pourroit se permettre, mais par ce
qu'elle entend, par ce qu'on ose dire devant
elle. Au sein de sa famille, la modestie et la
simplicité suffisent pour maintenir les égards

qu'une femme doit exiger; mais au milieu
du monde, il faut plus encore; l'élégance de
son langage, la noblesse de ses manières,
font partie de sa dignité même, et commandent seules efficacement le respect.

Sous la monarchie, l'esprit chevaleres-
que, la pompe des rangs, la magnificence de
la fortune, tout ce qui frappe l'imagination,
suppléoient, à quelques égards, au véritable mérite; mais dans une république, les
femmes ne sont plus rien, si elles n'en im-
posent pas par tout ce qui peut caractériser
leur élévation naturelle. Dès qu'on écarte
une illusion, il faut y substituer une qualité réelle; dès qu'on détruit un ancien préjugé, l'on a besoin d'une nouvelle vertu:
loin que la république doive donner plus
de liberté dans les rapports habituels de la
société, comme toutes les distinctions sont
uniquement fondées sur les qualités personnelles, il faut se préserver avec bien plus de
scrupule de tous les genres de fautes. Si l'on
porte la moindre atteinte à sa réputation,
on ne peut plus, comme dans la monarchie, relever son existence par son rang,

par sa naissance, par tous les avantages étrangers à sa propre valeur.

Ce que j'ai dit pour les femmes peut s'appliquer presque également aux hommes qui jouent un rôle éclatant. Il leur sera nécessaire de veiller sur leur considération bien plus attentivement, que dans un temps où les dignités aristocratiques suffisoient pour garantir à ceux qui en étoient revêtus, les égards et les respects de la multitude. Ces existences d'opinion qui chaque jour, dans la république, seront attaquées ou défendues, doivent donner une grande importance à tout ce qui peut agir sur l'esprit ou l'imagination des hommes.

Si des faveurs de l'opinion nous passons au maintien du pouvoir légal, nous verrons que l'autorité est en elle-même un poids que les gouvernés ont peine à supporter ; les esprits qui ne sont pas créés pour la servitude éprouvent d'abord une sorte de prévention contre la puissance. Si les formes grossières de celui qui commande aigrissent cette prévention, elle devient une véritable haine. Tout homme de goût et d'une certaine élévation d'ame, doit avoir le besoin de demander presque pardon du pouvoir qu'il possède. L'autorité politique est l'inconvénient nécessaire d'un très-grand bien, de l'ordre et de la sécurité ; mais le dépositaire de cette autorité doit toujours s'en justifier, en quelque sorte, par ses manières comme par ses actions.

Nous avons vu souvent dans le cours de ces dix années, les hommes éclairés gouvernés par les hommes ignorans : l'arrogance de leur ton, la vulgarité de leurs formes, révoltoient plus encore que les bornes de leur esprit. Les opinions républicaines se confondoient dans quelques têtes avec les paroles rudes et les plaisanteries rebutantes de quelques républicains, et les affections non raisonnées s'éloignoient naturellement de la république.

Les manières rapprochent ou séparent les hommes par une force plus invincible que celle des opinions, j'oserai presque dire que celle des sentimens. Avec une certaine libéralité d'esprit, l'on peut vivre agréablement au milieu d'une société qui appartient à un parti différent du sien. Il se peut même que l'on oublie des torts graves, des craintes inspirées peut-être à juste titre par l'immoralité d'un homme, si la noblesse de son langage fait illusion sur la pureté de son ame. Mais ce qu'il est impossible de supporter, c'est une éducation grossière que trahit chaque expression, chaque geste, le ton de la voix, l'attitude du corps, tous les signes involontaires des habitudes de la vie.

Je ne parle pas ici de l'estime réfléchie, mais de cette impression involontaire qui se renouvelle à tous les instants. Dans les grandes circonstances, l'on se reconnoît aux sentimens du cœur; dans les rapports détaillés de la société, on ne s'entend que par les manières; et la vulgarité, portée à un certain degré, fait éprouver à celui qui en est le témoin ou l'objet, un sentiment d'embarras, de honte même, tout-à-fait insupportable.

Heureusement on n'est presque jamais

appelé dans la vie à supporter la vulgarité
des manières en faveur de l'élévation des
sentimens. Une probité sévère inspire une
confiance si noble, un calme si pur, qu'il
est bien rare qu'elle ne fasse pas deviner,
dans quelque état que l'on soit, tout ce
qu'une bonne éducation auroit appris. La
grossièreté, dont nous avons été si souvent
les victimes, se composoit presque toujours
de sentimens vicieux; c'étoient l'audace, la
cruauté, l'insolence, qui se montroient sous
les formes les plus odieuses.

Les convenances sont l'image de la morale;
elles la supposent dans toutes les circonstances qui ne donnent pas encore l'occasion de
la prouver; elles entretiennent les hommes
dans l'habitude de respecter l'opinion des
hommes. Si les chefs de l'état blessent ou
méprisent les convenances, ils n'inspireront
plus eux-mêmes la considération dont ils
ont dispersé tous les élémens.

Un autre genre d'impolitesse peut caractériser encore les hommes en pouvoir: ce
n'est pas la grossièreté, c'est, si je puis m'exprimer ainsi, la fatuité politique, l'impor-

tance qu'on met à sa place, l'effet que cette place produit sur soi-même, et qu'on veut faire partager aux autres ; on a dû nécessairement en voir beaucoup d'exemples depuis la révolution. Dans l'ancien régime, on n'appeloit aux grandes places que des individus accoutumés dès leur enfance aux priviléges et aux avantages d'une situation élevée ; le pouvoir ne changeoit presque rien à leurs habitudes : mais dans la révolution, des magistratures éminentes ont été remplies par des hommes d'un état inférieur, et dont le caractère n'étoit pas naturellement élevé : humbles alors sur leur mérite personnel, et vains de leur pouvoir, ils se sont crus obligés d'adopter de nouvelles manières, parce qu'ils occupoient un nouvel emploi. Cet effet de la vanité est le plus contraire de tous à l'affection et au respect que doivent inspirer des magistrats républicains. L'affection et le respect s'attachent au caractère individuel, et l'homme qui se croit un autre lorsqu'il a été nommé à une grande place, vous indique lui-même que s'il la perd, votre intérêt et votre considération doivent passer à son successeur.

Comment l'homme peut-il se faire mieux connoître à l'homme que par cette dignité de manières, cette simplicité d'expressions, qui, transportées sur le théâtre ou racontées dans l'histoire, inspirent presque autant d'enthousiasme que les grandes actions. Je dirai plus, une suite de hasards peuvent conduire un homme à se faire remarquer par quelques faits illustres, sans qu'il soit doué cependant ni d'un génie supérieur, ni d'un caractère héroïque; mais il est impossible que les paroles, les accens, les formes qu'on emploie envers ceux qui nous environnent, ne caractérisent pas la vraie grandeur de la seule manière inimitable.

Quelques-uns ont pensé qu'il falloit substituer à l'accueil jadis bienveillant des Français la froideur et la dignité. Sans doute les premiers citoyens d'un état libre doivent avoir, dans le maintien, plus de gravité que les flatteurs d'un monarque; mais l'exagération de la froideur seroit un moyen d'arrêter l'essor de tous les mouvemens généreux. L'homme froid dans ses manières en impose nécessairement, parce qu'il vous donne l'idée qu'il n'attache aucune importance à vous. Mais ce sentiment pénible qu'il vous inspire ne produit rien d'utile ni rien de fécond. Ce n'est pas l'insolence familière, c'est la bonté, c'est l'élévation de l'ame, c'est la supériorité véritable que cette froideur met à la gêne. Les manières ne sont parfaites que lorsqu'elles encouragent tout ce que chaque homme a de distingué, et n'intimident que les défauts.

Il ne faut pas se tromper sur les signes extérieurs du respect : étouffer de nobles sentimens, tarir la source des pensées, c'est produire l'effet de la crainte; mais élever les ames jusqu'à soi, donner à l'esprit toute sa valeur, faire naître cette confiance qu'éprouvent les uns pour les autres tous les caractères généreux, tel est l'art d'inspirer un respect durable.

Il importe de créer en France des liens qui puissent rapprocher les partis, et l'urbanité des mœurs est un moyen efficace pour arriver à ce but. Elle rallieroit tous les hommes éclairés; et cette classe réunie formeroit un tribunal d'opinion qui distribueroit avec quelque justice le blâme ou la louange.

Ce tribunal exerceroit aussi son influence sur la littérature; les écrivains sauroient où retrouver un goût, un esprit national, et pourroient travailler à le peindre et à l'agrandir. Mais de toutes les confusions, la plus funeste est celle qui mêle ensemble toutes les éducations, et ne sépare que les partis.

Qu'importe de se ressembler par les opinions politiques, si l'on diffère par l'esprit et les sentimens? Quel misérable effet des troubles civils, que d'attacher plus d'importance à telle manière de voir en affaires publiques, qu'à tous ces rapports de l'ame et de la pensée, seule fraternité dont le caractère soit ineffaçable!

L'urbanité des mœurs peut seule adoucir les aspérités de l'esprit de parti; elle permet de se voir long-temps avant de s'aimer, de se parler long-temps avant qu'on soit d'accord; et par degré, cette aversion profonde

qu'on ressentoit pour l'homme que l'on
n'avoit jamais abordé, cette aversion s'af-
foiblit par les rapports de conversation,
d'égards, de prévenance, qui raniment la
sympathie, et font trouver enfin son semblable dans celui qu'on regardoit comme son
ennemi.

CHAPITRE III.

De l'Émulation.

IL faut compter pour beaucoup, parmi les moyens de perfectionner les productions de l'esprit humain, le but d'émulation que peuvent se promettre ceux qui se consacrent aux études intellectuelles. La vie paresseuse ou la vie active sont plus dans la nature de l'homme que la méditation ; et pour consacrer toutes les forces de sa pensée à la recherche des vérités philosophiques, il faut entrevoir un avenir animé, qui nous présente sous diverses formes les récompenses de l'opinion.

Quelques esprits s'alimentent du seul plaisir de découvrir des idées nouvelles; et dans les sciences exactes sur-tout, il y a beaucoup d'hommes à qui ce plaisir suffit. Mais lorsque l'exercice de la pensée tend à des résultats moraux et politiques, il doit avoir nécessairement pour objet d'agir sur le sort des hommes. Les ouvrages qui appartiennent à la haute littérature ont pour but d'opérer des changemens utiles, de hâter des progrès nécessaires, de modifier enfin les institutions morales ou politiques. Dans un pays où la philosophie n'auroit point d'application réelle, où l'éloquence ne pourroit obtenir qu'un succès littéraire, ces études, à la fin, sembleroient oisives, et leur mobile s'affoibliroit chaque jour.

Je ne nierai certainement pas que la situation de la France, depuis quelques années, ne soit bien plus contraire au développement des talens et de l'esprit que la plupart des époques de l'histoire. Mais je crois qu'en examinant ce qui est particulièrement nécessaire à l'émulation philosophique, on verra pourquoi l'esprit révolutionnaire, pendant qu'il agit, est tout-à-fait décourageant pour la pensée, comment l'ancien régime abaissoit en protégeant, et par quels moyens la république pourroit porter au dernier terme la noble ambition des hommes vers les progrès de la raison.

Il paroît, au premier coup-d'œil, que les troubles civils, en renversant les rangs antiques, doivent donner aux facultés naturelles l'usage et le développement de toutes leurs forces : il en est ainsi, sans doute, dans les commencemens ; mais au bout de très-peu de temps, les factieux conçoivent pour les lumières une haine au moins égale à celle qu'éprouvoient les anciens usurpateurs. Ces esprits violens se servent des hommes éclairés quand ils veulent triompher du pouvoir établi ; mais lorsqu'il s'agit de se maintenir eux-mêmes, ils s'essaient à témoigner un mépris grossier pour la raison ; ils répandent sourdement que les facultés de l'esprit, que les idées philosophiques ne peuvent appartenir qu'aux ames efféminées, et le code féodal reparoît sous des noms nouveaux.

Tous les caractères despotiques, dans quelque sens qu'ils marchent, détestent la pensée ; et si le fanatisme aveugle est l'arme de l'autorité, ce qu'elle doit redouter le plus, c'est l'homme qui conserve la faculté de juger. Les hommes violens ne peuvent s'allier

qu'avec les esprits bornés ; eux seuls se sou-
mettent ou s'enflamment à la volonté d'un
chef.

Si les mouvemens révolutionnaires se
prolongent au-delà du but qu'ils devoient
conquérir, le pouvoir descend toujours plus
bas parmi les classes ignorantes de la société.
Plus les hommes sont médiocres, plus ils
mettent de soin à s'assortir ; ils repoussent
loin d'eux la raison éclairée, comme quelque
chose d'hétérogène avec leur nature, et qui
doit être éminemment nuisible à leur empire.

Si un parti veut faire triompher l'injustice, il est impossible qu'il encourage les
lumières : un homme peut déshonorer son
talent, en le consacrant à défendre ce qui est
injuste ; mais si l'on propage l'influence des
lumières dans une nation, elles tendent nécessairement à perfectionner la moralité générale.

L'esprit révolutionnaire se trace une
route, se fait un langage ; et si l'on vouloit

varier par l'éloquence même ces phrases
commandées qu'exige l'intérêt du parti, on
inquiéteroit ses chefs ; ils frémiroient en
voyant s'introduire de nouveaux sentimens,
de nouvelles pensées, qui serviroient au-
jourd'hui leur cause, mais qui pourroient
s'indiscipliner une fois et se diriger vers un
autre but. Il y a des formules de cruauté pour
ainsi dire reçues, dont il n'est pas permis,
même aux hommes dont on est sûr, de
s'écarter jamais.

Les soupçons, les jalousies, les calculs de
l'ambition, tout se réunit pour éloigner les
esprits supérieurs des luttes révolutionnaires : les hommes violens et médiocres ne se
rangent à leur place que quand l'ordre est ré-
tabli : dans le bouleversement de toutes les
idées et de tous les sentimens, ils se croient
propres à perpétuer ce qui existe, la confusion ; et devenus les maîtres dans les satur-
nales du talent et de la vertu, ils pèsent sur
la pensée captive de tout le poids de leur
ignorance et de leur vanité.

Dans les crises des factions populaires, ce

qu'on veut éloigner avant tout, c'est l'indépendance du jugement. La parole ne sert qu'à
rédiger la colère, à fixer en décret ses premiers mouvemens. Les furieux appellent
aristocratie ce qu'il y a de plus républicain
au monde, l'amour des lumières et de la
vertu. L'esprit sauvage lutte contre la philosophie, se défie de l'éducation, et se montre plus indulgent pour les vices du cœur
que pour les talens de l'esprit.

Si cet état se prolongeoit, l'on ne posséde-
roit bientôt plus aucun homme distingué
dans une autre carrière que dans celle des
armes; rien ne peut décourager l'ambition
des succès militaires; ils arrivent toujours à
leur but, et commandent à l'opinion ce
qu'ils attendent d'elle. Mais dans ce libre
échange, d'où résulte la gloire des écrivains
et des philosophes, les idées naissent, pour
ainsi dire, de l'approbation même que les
hommes sont disposés à leur accorder.

Le courage peut lutter contre l'ascendant
d'une faction dominante; mais l'inspiration
du talent est étouffée par elle. La tyrannie

d'un seul ne produiroit pas aussi sûrement un tel effet. La tyrannie d'un parti prenant souvent la forme de l'opinion publique, porte une atteinte bien plus profonde à l'émulation.

Si l'on comparoit le sort des hommes éclairés sous Louis XIV, avec celui que leur préparoit la violence révolutionnaire, tout seroit à l'avantage de la monarchie; mais quel rapport peut-il exister entre la protection d'un roi et l'émulation républicaine, lorsqu'elle prendroit enfin son véritable caractère?

La force de l'esprit ne se développe toute entière qu'en attaquant la puissance; c'est par l'opposition que les Anglais se forment aux talens nécessaires pour être ministre. Lorsqu'au contraire les faveurs de l'opinion dépendent aussi des faveurs d'un homme, la pensée ne peut se sentir libre dans aucune de ses conceptions : loin de se consacrer à découvrir la vérité, ses bornes en tout genre lui sont prescrites. Il faut que l'esprit se replie sans cesse sur lui-même. A peine

est-il possible, dans les ouvrages d'imagination, dans ce domaine de l'invention que
la puissance légale abandonne, à peine est-il
possible d'oublier que l'amusement du maître et de ses courtisans est le premier succès
qu'il importe d'obtenir.

Dans toutes les langues, la littérature peut
avoir des succès pendant quelque temps,
sans recourir à la philosophie; mais quand
la fleur des expressions, des images, des
tournures poétiques, n'est plus nouvelle;
quand toutes les beautés antiques sont adap-
tées au génie moderne, on sent le besoin de
cette raison progressive qui fait atteindre
chaque jour un but utile, et qui présente
un terme indéfini. Comment néanmoins
pourroit-on écrire philosophiquement dans
un pays où les récompenses données par un
roi, par un homme, seroient les simulacres
de la gloire ?

L'existence subalterne qu'on accordoit
aux gens de lettres dans la monarchie française, ne leur donnoit aucune autorité dans
les questions importantes qui tiennent à la

destinée des hommes. Comment pouvoient-
ils acquérir quelque dignité dans un tel
ordre social, si ce n'est en s'en montrant les
adversaires? Et quel misérable mélange
n'ont-ils pas fait des flatteries et des vérités, ces philosophes incrédules et soumis,
hardis et protégés!

Rousseau s'est affranchi dans ce siècle de
là plupart des préjugés et des égards monarchiques. Montesquieu, quoiqu'avec plus
de ménagement, montra beaucoup d'indépendance. Mais Voltaire, qui vouloit souvent réunir les faveurs de la cour avec l'indépendance philosophique, fait sentir le
contraste et la difficulté d'un tel dessein de
la manière la plus frappante.

Encourager les hommes de lettres, c'est
les placer au-dessous du pouvoir quelconque
qui les récompense; c'est considérer le génie
littéraire à part du monde social et des intérêts politiques; c'est le traiter comme le
talent de la musique et de la peinture, d'un
art enfin qui ne seroit pas la pensée même,
c'est-à-dire, le tout de l'homme.

L'encouragement de la haute littérature, et c'est d'elle uniquement dont je parle dans ce chapitre, son encouragement, c'est la gloire, la gloire de Cicéron, de César même et de Brutus. L'un sauva sa patrie par son éloquence oratoire et ses talens consulaires; l'autre, dans ses commentaires, écrivit ce qu'il avoit fait ; l'autre enfin, par le charme de son style, l'élévation philosophique dont ses lettres portent le caractère, se fit aimer comme un homme rempli de l'humanité la plus douce, malgré l'énergique horreur de l'assassinat qu'il commit.

Ce n'est que dans les états libres qu'on peut réunir le génie de l'action à celui de la pensée. Dans l'ancien régime, on vouloit que les talens littéraires supposassent presque toujours l'absence des talens politiques. L'esprit d'affaires ne peut se faire connoître par des signes certains, avant qu'on ait occupé de grandes places ; les hommes médiocres sont intéressés à persuader qu'ils possèdent seuls ce genre d'esprit ; et pour se l'attribuer, ils se fondent uniquement sur les qualités qui leur manquent :

la chaleur qu'ils n'ont pas, les idées qu'ils ne comprennent pas, les succès qu'ils dédaignent, voilà les garans de leur capacité politique.

On veut, dans les monarchies absolues, qu'une sorte de mystère soit répandue sur les qualités qui rendent propres au gouvernement, afin que l'importante et froide médiocrité puisse écarter un esprit supérieur, et le déclarer incapable de combinaisons beaucoup plus simples que celles dont il s'est toujours occupé.

Dans la langue adoptée par la coalition de certains hommes, connoître le cœur humain, c'est ne se laisser jamais guider dans son aversion ni dans ses choix par l'indignation du vice, ni par l'enthousiasme de la vertu ; posséder la science des affaires, c'est ne jamais faire entrer dans ses décisions aucun motif généreux ou philosophique. La république, discutant en commun un grand nombre de ses intérêts, soumettant tous les choix par l'élection à la volonté générale, la république doit nous affranchir de cette foi aveugle qu'on exigeoit jadis pour les secrets de l'art du gouvernement.

Sans doute il faut de grands talens pour bien administrer ; mais c'est pour écarter le talent qu'on s'attachoit à persuader que les pensées qui servent à former le philosophe profond, le grand écrivain, l'orateur éloquent, n'ont aucun rapport avec les principes qui doivent diriger les chefs des nations. Le chancelier Bacon, le chevalier Temple, Lhopital, &c. étoient des philosophes, des littérateurs, et se sont montrés les premiers des hommes d'état (1). Frédéric II, Marc-Aurèle, la plupart des rois ou des héros qui ont répandu leur éclat sur les nations, étoient en même temps des esprits très-éclairés en philosophie. Ce sont leurs lumières et leurs talens dans la carrière civile qui les ont

_____

(1) Le chancelier Bacon s'est rendu coupable de la plus atroce ingratitude ; et sa délicatesse, sous le rapport de l'argent, a été fortement soupçonnée. Mais il s'agit ici de ses talens, et non de sa moralité ; distinction que nous n'avons que trop appris à faire depuis dix ans.

rendus chers à la postérité, et leur ont fait obtenir, pendant leur vie, l'obéissance de l'admiration, cette obéissance qui donne au pouvoir absolu le plus bel attribut des gouvernemens libres, l'assentiment volontaire de l'opinion publique.

Certainement il est peu de carrière plus resserrée, plus étroite que celle de la littérature, si on la considère, comme on le fait quelquefois, à part de toute philosophie, n'ayant pour but que d'amuser les loisirs de la vie, et de remplir le vide de l'esprit. Une telle occupation rend incapable du moindre emploi qui exige des connoissances positives, ou qui force à rendre les idées applicables. Une vanité démesurée est le partage de ces littérateurs médiocres et bornés : leur raison est faussée par le prix qu'ils attachent à des mots sans idées, à des idées sans résultats ; ce sont de tous les hommes les plus occupés d'eux-mêmes, et les plus ignorans de ce qui intéresse les autres. Les lettres doivent souvent prendre un tel caractère, lorsque les hommes qui les cultivent sont éloignés de toutes les affaires sérieuses.

Ce qui dégradoit les lettres, c'étoit leur inutilité ; ce qui rendoit les maximes du gouvernement si peu libérales, c'étoit la séparation absolue de la politique et de la philosophie ; séparation telle, qu'on étoit jugé incapable de diriger les hommes, dès qu'on avoit consacré ses talens à les instruire et à les éclairer. Il reste encore des traces de cette absurde opinion ; mais elles doivent s'effacer chaque jour. La philosophie ne rend impropre qu'à gouverner arbitrairement, despotiquement, et d'une manière méprisante pour l'espèce humaine. Il ne faut pas prétendre, en apportant le vieil esprit des cours dans la république nouvelle, qu'il y ait en administration quelque chose de plus nécessaire que la pensée, de plus sûr que la raison, de plus énergique que la vertu.

L'on est un grand écrivain dans un gouvernement libre, non comme sous l'empire des monarques, pour animer une existence sans but, mais parce qu'il importe de donner

à la vérité son expression persuasive, lorsqu'une résolution importante peut dépendre
d'une vérité reconnue. On se livre à l'étude
de la philosophie, non pour se consoler des
préjugés de la naissance qui, dans l'ancien
régime, déshéritoient la vie de tout avenir,
mais pour se rendre propre aux magistratures d'un pays qui n'accorde la puissance
qu'à la raison.

Si le pouvoir militaire dominoit seul dans
un état, et dédaignoit les lettres et la philosophie, il feroit rétrograder les lumières,
à quelque degré d'influence qu'elles fussent parvenues ; il s'associeroit quelques
vils talens, chargés de commenter la force,
quelques hommes qui se diroient penseurs
pour s'arroger le droit de prostituer la pensée : mais la raison se changeroit en sophis-
me, et les esprits deviendroient d'autant
plus subtils, que les caractères seroient plus
avilis.

L'agitation inséparable d'un gouvernement républicain, met souvent en péril la
liberté ; et si ses chefs n'offrent pas la double

garantie du courage et des lumières, la force
ignorante ou l'adresse perfide précipitent tôt
ou tard le gouvernement dans le despotisme.
Il faut, pour le bonheur du genre humain,
que les grands hommes chargés de sa destinée possèdent presqu'également un certain nombre de qualités très-différentes ; un
seul genre de supériorité ne suffit pas pour
captiver les diverses classes d'opinions et
d'estime; un seul genre de supériorité ne
personnifie point assez, si je puis m'exprimer ainsi, l'idée qu'on aime à se faire d'un
homme célèbre.

Si les paroles n'ont pas éloquemment ins-
truit du motif des actions, si les actions
n'ont pas consacré la vérité des paroles, la
mémoire garde un souvenir isolé des paroles
et des actions. Le guerrier sans lumières ou
l'orateur sans courage n'enchaîne point votre
imagination ; il reste toujours en vous des
sentimens qu'il n'a pas captivés, et des idées
qui le jugent. Les anciens éprouvoient une
admiration passionnée pour leurs illustres
chefs, dont la grandeur native imprimoit
son caractère à des talens divers et à des

gloires différentes. Le mélange des qualités supérieures, bien que plaçant plus haut celui qui les possède, établit cependant plus de rapports entre l'homme extraordinaire et les autres hommes. Une faculté quelconque qui seroit en disproportion avec toutes les autres, paroîtroit une bizarrerie de la nature, tandis que la réunion de plusieurs facultés tranquillise la pensée, et attire l'affection. L'être moral d'un grand homme doit présenter cette organisation, cette balance, cette compensation, qui seule donne l'idée, dans les caractères, comme dans les gouvernemens, du repos et de la stabilité.

Mais, dira-t-on, ce qu'on doit craindre avant tout dans une république, c'est l'enthousiasme pour un homme; et loin de désirer cette parfaite réunion que vous croyez presque nécessaire, nous recherchons, au contraire, ces instrumens de succès qui font des discours, des décrets ou des conquêtes, comme on exerceroit une profession exclusive, sans avoir une idée de plus que celles de leur métier.

Rien n'est moins philosophique, c'est-à-

dire, rien ne conduiroit moins au bonheur, que ce systême jaloux qui voudroit
ôter aux nations leur rang dans l'histoire,
en nivelant la réputation des hommes. On
doit propager de tous ses efforts l'instruc-
tion générale; mais à côté du grand intérêt de l'avancement des lumières, il faut
laisser le but de la gloire individuelle. La
république doit donner beaucoup plus d'essor que tout autre gouvernement à ce mobile d'émulation; elle s'enrichit des travaux
multipliés qu'il inspire. Un petit nombre
d'hommes arrivent au terme : mais tous l'espèrent; et si la renommée ne couronne que
le succès, les essais mêmes ont souvent une
obscure utilité.

Il ne faut pas ôter aux grandes ames leur
dévotion à la gloire; il ne faut pas ôter aux
peuples le sentiment de l'admiration. De ce
sentiment dérivent tous les degrés d'affection
entre les magistrats et les gouvernés. Qu'est-
ce qu'un jugement appréciateur et calme dans
nos nombreuses associations modernes ! Des
milliers d'hommes peuvent-ils se décider
d'après leurs propres lumières ! N'est-il pas

nécessaire qu'une impulsion plus animée se communique à cette multitude qu'il est si difficile de réunir dans une même opinion? Si vous laissez la nation froide sur l'estime, vous brisez en elle aussi le ressort du mépris ; et si quelques détracteurs libellistes confondent dans leurs écrits l'homme vertueux et le criminel, vous n'aurez point inspiré à tous les citoyens ce mouvement d'un saint amour pour leur bienfaiteur, ce mouvement qui repousse la calomnie comme un sacrilége.

Vous ne pouvez attacher le peuple à l'idée même de la vertu, qu'en la lui faisant comprendre par les actions généreuses et le caractère moral de quelques hommes. On croit assurer davantage l'indépendance d'un peuple, en s'efforçant de l'intéresser uniquement à des principes abstraits, mais la multitude ne sépare point, dans ses impressions, les effets des causes, ni les hommes de leur influence sur les faits : elle saisit les idées par les événemens ; elle exerce sa justice par des haines et des affections : il faut la dépraver pour l'empêcher d'aimer ; et c'est par l'estime de ses magistrats qu'elle arrive à l'amour de son gouvernement.

La gloire des grands hommes est le patri‑moine d'un pays libre ; après leur mort, le peuple entier en hérite. L'amour de la patrie ne se compose que de souvenirs. Com‑bien n'admire-t-on pas dans l'éloquence an‑tique , les sentimens respectueux que fai‑soient naître les regrets consacrés aux morts illustres, les hommages rendus à leur mé‑moire, les exemples offerts en leurs noms à leurs successeurs ! la nature a tout animé; l'homme voudroit-il tout changer en ab‑straction !

Le principe d'une république où l'égа‑lité politique est consacrée , doit être d'éta‑blir les distinctions les plus marquées entre les hommes, selon leurs talens et leurs ver‑tus. Les nations libres doivent avoir dans leurs tribunaux des juges inébranlables , qui appliquent les loix à tous, sans aucun mélange d'indignation ou d'enthousiasme. Mais lorsqu'elles ont chargé leurs magis‑trats de la puissance impassible de la société, elles peuvent se livrer sans danger au libre essor de l'approbation et du blâme ; elles peuvent offrir aux grands hommes le seul prix pour lequel ils veulent se dévouer, l'opinion du temps présent et de l'avenir, l'opinion, seule récompense, seule illusion dont la vertu même n'a jamais la force de se détacher.

Et César, et Cromwell, pensez vous, dira-t-on, que l'enthousiasme qu'ils ont inspiré ne soit pas devenu fatal à la liberté de leur patrie ?

L'enthousiasme qu'inspire la gloire des armes, est le seul qui puisse devenir dangereux à la liberté ; mais cet enthousiasme même n'a des suites funestes que dans les pays où diverses causes ont détruit l'admiration méritée par les qualité morales ou les talens civils. C'est parce qu'à Rome, c'est parce qu'en Angleterre, de longs crimes, de longs malheurs avoient dégoûté la nation d'accorder son estime, que la république fut renversée.

Et cependant quelle puissance lutta seule

contre César? Ce ne furent ni les institutions
politiques des Romains, ni leur sénat, ni
leurs armées; ce fut la considération d'un
seul homme, ce fut le respect qu'on avoit
encore pour Caton. Ce respect balança les
destinées, et César ne put se croire le maître
que quand cet homme n'exista plus.

Caton représentoit sur la terre la puissance
de la vertu. Rome l'admiroit, de cette admiration libre qui honore la nation qui
l'éprouve, et présente à la tyrannie mille
fois plus d'obstacles que la confusion des
noms, des actions et des caractères. On voudroit appeler cette confusion une république
philosophique; et ce ne seroit, en effet, que
des combats sans victoire, des bouleversemens sans but et des malheurs sans terme.

La réputation, les suffrages constamment
attachés aux hommes qui ont honorable-
ment rempli la carrière des affaires publiques, sont l'un des premiers moyens de
conserver la liberté; et ce qui peut contribuer le plus efficacement aux progrès des
lumières, c'est de mêler ensemble, comme

chez les anciens, la carrière des armes, celle
de la législation, et celle de la philosophie.
Rien n'anime et ne régularise les méditations intellectuelles, comme l'espoir de les
rendre immédiatement utiles à l'espèce humaine. Lorsque la pensée peut être le pré-
curseur de l'action, lorsqu'une réflexion
heureuse peut à l'instant se transformer en
une institution bienfaisante, quel intérêt
l'homme ne prend-il pas au développement
de son intelligence! Il ne craint plus de consumer en lui-même le flambeau de la raison, sans pouvoir jamais porter sa lumière
sur la route de la vie active; il n'éprouve
plus cette espèce de honte que ressentoit
le génie condamné à des occupations spéculatives devant l'homme le plus médiocre,
si cet homme, revêtu d'un pouvoir quelconque, pouvoit sécher des larmes, rendre
un service utile, faire du bien au moins à
quelqu'un sur la terre.

Lorsque la pensée peut contribuer efficacement au bonheur de l'homme, sa mission
devient plus noble, son but s'agrandit. Ce
n'est plus seulement une rêverie doulou-

reuse, parcourant tous les maux de l'univers, sans pouvoir les soulager, c'est une arme puissante que la nature donne, et dont la liberté doit assurer le triomphe.

Les vainqueurs redoutent les soldats qui ont conquis leur empire avec eux ; les prêtres ont peur du fanatisme même d'où dépend tout leur pouvoir ; les ambitieux se défient de leurs instrumens : mais les hommes éclairés, parvenus aux premières places de l'état, ne cessent point d'aimer et de propager les lumières. La raison n'a rien à craindre de la raison, et les esprits philosophiques fondent leur force sur leurs pareils.

Après avoir examiné les divers principes de l'émulation parmi les hommes, je crois utile de considérer quelle influence les femmes peuvent avoir sur les lumières. Ce sera l'objet du chapitre suivant.

CHAPITRE IV.

Des Femmes qui cultivent les Lettres.

« Le malheur est comme la montagne noire de
» Bember , aux extrémités du royaume brûlant
» de Lahor. Tant que vous la montez , vous ne
» voyez devant vous que de stériles rochers ;
» mais quand vous êtes au sommet, le ciel est sur
» votre tête , et à vos pieds le royaume de Cache-
» mire ».

La Chaumière indienne , *par* BERNARDIN
DE SAINT-PIERRE.

L'EXISTENCE des femmes en société est
encore incertaine sous beaucoup de rapports. Le desir de plaire excite leur esprit;
la raison leur conseille l'obscurité ; et tout
est arbitraire dans leurs succès comme dans
leurs revers.

Il arrivera, je le crois, une époque quelconque, dans laquelle des législateurs phi-

losophes donneront une attention sérieuse
à l'éducation que les femmes doivent recevoir, aux loix civiles qui les protégent,
aux devoirs qu'il faut leur imposer, au bonheur qui peut leur être garanti; mais, dans
l'état actuel, elles ne sont, pour la plupart,
ni dans l'ordre de la nature, ni dans l'ordre
de la société. Ce qui réussit aux unes perd
les autres; les qualités leur nuisent quelquefois, quelquefois les défauts leur servent;
tantôt elles sont tout, tantôt elles ne sont
rien. Leur destinée ressemble, à quelques
égards, à celle des affranchis chez les em-
pereurs; si elles ont du pouvoir, on leur
rappelle qu'elles sont nées esclaves; si elles
restent esclaves, on opprime leur destinée.

Certainement il vaut beaucoup mieux,
en général, que les femmes se consacrent
uniquement aux vertus domestiques; mais
ce qu'il y a de bizarre dans les jugemens des
hommes à leur égard, c'est qu'ils leur par-
donnent plutôt de manquer à leurs devoirs
que d'attirer l'attention par des talens distingués. Ils tolèrent en elles la dégradation
du cœur en faveur de la médiocrité de l'es-

prit ; tandis que l'honnêteté la plus parfaite pourroit à peine obtenir grace pour une supériorité véritable.

Je développerai les diverses causes de cette singularité. Je commence d'abord par examiner quel est le sort des femmes qui cultivent les lettres dans les monarchies, et quel est aussi leur sort dans les républiques. Je m'attache à caractériser les principales différences que ces deux situations politiques doivent produire dans la destinée des femmes qui aspirent à la célébrité littéraire, et je considère ensuite d'une manière générale quel bonheur la gloire peut promettre aux femmes qui veulent y prétendre.

Dans les monarchies, elles ont à craindre le ridicule, et dans les républiques la haine.

Il est dans la nature des choses que, dans une monarchie où le tact des convenances est si finement saisi, toute action extraordinaire, tout mouvement pour sortir de sa place, paroisse d'abord ridicule. Ce que vous êtes forcé de faire par votre état, par votre position, trouve mille approbateurs; ce que vous inventez sans nécessité, sans obligation, est d'avance jugé sévèrement. La jalousie naturelle à tous les hommes ne s'apaise que si vous pouvez vous excuser, pour ainsi dire, d'un succès par un devoir; mais si vous ne couvrez pas du prétexte de votre situation et de votre intérêt la gloire même, si l'on vous croit pour unique motif le besoin de vous distinguer, vous importunerez ceux que l'ambition amène sur la même route que vous.

En effet, les hommes peuvent toujours cacher leur amour-propre et le desir qu'ils ont d'être applaudis sous l'apparence ou la réalité de passions plus fortes et plus nobles; mais quand les femmes écrivent, comme on leur suppose en général pour premier motif le desir de montrer de l'esprit, le public leur accorde difficilement son suffrage. Il sent qu'elles ne peuvent s'en passer, et cette idée fait naître en lui la tentation de le refuser. Dans toutes les situations de la vie, l'on peut remarquer que dès qu'un homme s'apperçoit que vous avez éminemment besoin de lui, presque toujours il se refroidit pour vous. Quand une femme publie un livre, elle se met tellement dans la dépendance de l'opinion, que les dispensateurs de cette opinion lui font sentir durement leur empire.

A ces causes générales, qui agissent presque également dans tous les pays, se joignoient diverses circonstances particulières à la monarchie française. L'esprit de chevalerie qui subsistoit encore s'opposoit, sous quelques rapports, à ce que les hommes mêmes cultivassent trop assidument les lettres. Ce même esprit devoit inspirer plus d'éloignement encore pour les femmes qui s'occupoient trop exclusivement de ce genre d'étude, et détournoit ainsi leurs pensées de leur premier intérêt, les sentimens du cœur. La délicatesse du point d'honneur pouvoit inspirer aux hommes quelque répugnance à se soumettre euxmêmes à tous les genres de critique que la publicité doit attirer : à plus forte raison pouvoit-il leur déplaire de voir les êtres qu'ils étoient chargés de protéger, leurs

femmes, leurs sœurs ou leurs filles, courir
les hasards des jugemens du public, lui
donner seulement le droit de parler d'elles
habituellement.

Un grand talent triomphoit de toutes ces
considérations ; mais il étoit néanmoins difficile aux femmes de porter noblement la
réputation d'auteur, de la concilier avec
l'indépendance d'un rang élevé, et de ne
perdre rien par cette réputation de la dignité,
de la grace, de l'aisance et du naturel qui
devoient caractériser leur ton et leurs manières habituelles.

On permettoit bien aux femmes de sacrifier les occupations de leur intérieur au
goût du monde et de ses amusemens ; mais
on accusoit de pédantisme toute étude sérieuse ; et si l'on ne s'élevoit pas dès les premiers pas au-dessus des plaisanteries qui
assailloient de toutes parts, ces plaisanteries
parvenoient à décourager le talent, à tarir
la source même de la confiance et de l'exaltation.

Une partie de ces inconvéniens ne peut

se retrouver dans les républiques, et surtout dans une république qui auroit pour but l'avancement des lumières. Peut-être seroit-il naturel que, dans un tel état, la littérature proprement dite devînt le partage des femmes, et que les hommes se consacrassent uniquement à la haute philosophie.

On a dirigé l'éducation des femmes, dans tous les pays libres, selon l'esprit de la constitution qui y étoit établie. A Sparte, on en faisoit des guerrières; à Rome, on exigeoit d'elles des vertus austères et patriotiques. Si l'on vouloit que le principal mobile de la république française fût l'émulation des lumières et de la philosophie, il seroit très-raisonnable d'encourager les femmes à cultiver leur esprit, afin que les hommes pussent s'entretenir avec elles des idées qui captiveroient leur intérêt.

Néanmoins, depuis la révolution, les hommes ont pensé qu'il étoit politiquement et moralement utile de réduire les femmes à la plus absurde médiocrité; ils ne leur ont adressé qu'un misérable langage sans délicatesse comme sans esprit ; elles n'ont plus eu de motifs pour développer leur raison : les mœurs n'en sont pas devenues meilleures. En bornant l'étendue des idées, on n'a pu rendre la simplicité des premiers âges ; il en est seulement résulté que moins d'esprit a conduit à moins de délicatesse, à moins de respect pour l'estime publique, à moins de moyens de supporter la solitude. Il est arrivé ce qui s'applique à tout dans la disposition actuelle des esprits : on croit toujours que ce sont les lumières qui font le mal, et l'on veut le réparer en faisant rétrograder la raison. Le mal des lumières ne peut se corriger qu'en acquérant plus de lumières encore. Ou la morale seroit une idée fausse, ou il est vrai que plus on s'éclaire, plus on s'y attache.

Si les Français pouvoient donner à leurs femmes toutes les vertus des Anglaises, leurs mœurs retirées, leur goût pour la solitude, ils feroient très-bien de préférer de telles qualités à tous les dons d'un esprit éclatant ; mais ce qu'ils pourroient obtenir de leurs femmes, ce seroit de ne rien lire, de ne rien savoir, de n'avoir jamais dans la conversation ni une idée intéressante, ni une expression heureuse, ni un langage relevé; loin que cette bienheureuse ignorance les fixât dans leur intérieur, leurs enfans leur deviendroient moins chers lorsqu'elles seroient hors d'état de diriger leur éducation. Le monde leur deviendroit à-la-fois plus nécessaire et plus dangereux; car on ne pourroit jamais leur parler que d'amour, et cet amour n'auroit pas même la délicatesse qui peut tenir lieu de moralité.

Plusieurs avantages d'une grande importance pour la morale et le bonheur d'un pays, se trouveroient perdus si l'on parvenoit à rendre les femmes tout-à-fait insipides ou frivoles. Elles auroient beaucoup moins de moyens pour adoucir les passions furieuses des hommes; elles n'auroient plus, comme autrefois, un utile ascendant sur l'opinion : ce sont elles qui l'animoient dans tout ce qui tient à l'humanité, à la générosité, à la délicatesse. Il n'y a que ces êtres en-dehors des intérêts politiques et de la carrière de l'ambition, qui versent le mépris sur toutes les actions basses, signalent l'ingratitude, et savent honorer la disgrace quand de nobles sentimens l'ont causée. S'il n'existoit plus en France des femmes assez éclairées pour que leur jugement pût compter, assez nobles dans leurs manières pour inspirer un respect véritable, l'opinion de la société n'auroit plus aucune puissance sur les actions des hommes.

Je crois fermement que dans l'ancien régime, où l'opinion exerçoit un si salutaire empire, cet empire étoit l'ouvrage des femmes distinguées par leur esprit et leur caractère : on citoit souvent leur éloquence quand un dessein généreux les inspiroit, quand elles avoient à défendre la cause du malheur, quand l'expression d'un sentiment exigeoit du courage et déplaisoit au pouvoir.

Durant le cours de la révolution, ce sont ces mêmes femmes qui ont encore donné le plus de preuves de dévoûment et d'énergie. Jamais les hommes, en France, ne peuvent

être assez républicains pour se passer entièrement de l'indépendance et de la fierté naturelle aux femmes. Elles avoient sans doute,
dans l'ancien régime, trop d'influence sur
les affaires; mais elles ne sont pas moins
dangereuses alors qu'elles sont dépourvues
de lumières, et par conséquent de raison;
leur ascendant se porte alors sur des goûts
de fortune immodérés, sur des choix sans
discernement, sur des recommandations
sans délicatesse; elles avilissent ceux qu'elles
aiment au lieu de les exalter. L'état y gagne-
t-il? Le danger très-rare de rencontrer une
femme dont la supériorité soit en disproportion avec la destinée de son sexe, doit-il
priver la république de la célébrité dont
jouissoit la France par l'art de plaire et de
vivre en société? Or, sans les femmes, la
société ne peut être ni agréable ni piquante;
et les femmes privées d'esprit, ou de cette
grace de conversation qui suppose l'éducation la plus distinguée, les femmes gâ-
tent la société au lieu de l'embellir; elles y
introduisent une sorte de niaiserie dans les
discours et de médisance de cotterie, une
insipide gaîté qui doit finir par éloigner

tous les hommes vraiment supérieurs, et réduiroit les réunions brillantes de Paris aux jeunes gens qui n'ont rien à faire et aux jeunes femmes qui n'ont rien à dire.

On peut découvrir des inconvéniens à tout dans les affaires humaines. Il y en a sans doute à la supériorité des femmes, à celle même des hommes, à l'amour-propre des gens d'esprit, à l'ambition des héros, à l'imprudence des ames grandes, à l'irritabilité des caractères indépendans, à l'impétuosité du courage, etc. Faudroit-il pour cela combattre de tous ses efforts les qualités naturelles, et diriger toutes les institutions vers l'abaissement des facultés ? A peine est-il certain que cet abaissement favorisât les autorités de famille ou celle des gouvernemens. Les femmes sans esprit de conversation ou de littérature, ont ordinairement plus d'art pour échapper à leurs devoirs ; et les nations sans lumières ne savent pas être libres, mais changent très-souvent de maîtres.

Eclairer, instruire, perfectionner les femmes comme les hommes, les nations

II.

9

comme les individus, c'est encore le meilleur secret pour tous les buts raisonnables,
pour toutes les relations sociales et politiques
auxquelles on veut assurer un fondement
durable.

L'on ne pourroit craindre l'esprit des
femmes que par une inquiétude délicate sur
leur bonheur. Il est possible qu'en développant leur raison, on les éclaire sur les malheurs souvent attachés à leur destinée ; mais
les mêmes raisonnemens s'appliqueroient à
l'effet des lumières en général sur le bonheur du genre humain, et cette question
me paroît décidée.

Si la situation des femmes est très-impar-
faite dans l'ordre civil, c'est à l'amélioration de leur sort, et non à la dégradation de
leur esprit, qu'il faut travailler. Il est utile
aux lumières et au bonheur de la société
que les femmes développent avec soin leur
esprit et leur raison. Une seule chance véritablement malheureuse pourroit résulter de
l'éducation cultivée qu'on doit leur donner:
ce seroit si quelques-unes d'entr'elles acqué-

roient des facultés assez distinguées pour
éprouver le besoin de la gloire; mais ce hasard même ne porteroit aucun préjudice à
la société, et ne seroit funeste qu'au très-
petit nombre de femmes que la nature dé-
voueroit au tourment d'une importune supériorité.

S'il existoit une femme séduite par la
célébrité de l'esprit, et qui voulût chercher à l'obtenir, combien il seroit aisé de
l'en détourner s'il en étoit temps encore !
On lui montreroit à quelle affreuse destinée
elle seroit prête à se condamner. Examinez
l'ordre social, lui diroit-on, et vous verrez
bientôt qu'il est tout entier armé contre
une femme qui veut s'élever à la hauteur
de la réputation des hommes.

Dès qu'une femme est signalée comme
une personne distinguée, le public en général est prévenu contre elle. Le vulgaire ne
juge jamais que d'après certaines règles communes, auxquelles on peut se tenir sans
s'aventurer. Tout ce qui sort de ce cours
habituel, déplaît d'abord à ceux qui consi-

dèrent la routine de la vie comme la sauve-
garde de la médiocrité. Un homme supérieur déjà les effarouche ; mais une femme
supérieure, s'éloignant encore plus du chemin frayé, doit étonner, et par conséquent importuner davantage. Néanmoins un
homme distingué ayant presque toujours
une carrière importante à parcourir, ses
talens peuvent devenir utiles aux intérêts
de ceux mêmes qui attachent le moins de
prix aux charmes de la pensée. L'homme
de génie peut devenir un homme puissant,
et sous ce rapport, les envieux et les sots
le ménagent ; mais une femme spirituelle
n'est appelée à leur offrir que ce qui les
intéresse le moins, des idées nouvelles ou
des sentimens élevés : sa célébrité n'est qu'un
bruit fatigant pour eux.

La gloire même peut être reprochée à une
femme, parce qu'il y a contraste entre la
gloire et sa destinée naturelle. L'austère
vertu condamne jusqu'à la célébrité de ce
qui est bien en soi, comme portant une
sorte d'atteinte à la perfection de la modestie. Les hommes d'esprit, étonnés de ren-

contrer des rivaux parmi les femmes, ne savent les juger, ni avec la générosité d'un adversaire, ni avec l'indulgence d'un protecteur; et dans ce combat nouveau, ils ne suivent ni les loix de l'honneur, ni celles de la bonté.

Si, pour comble de malheur, c'étoit au milieu des dissentions politiques qu'une femme acquît une célébrité remarquable, on croiroit son influence sans bornes alors même qu'elle n'en exerceroit aucune; on l'accuseroit de toutes les actions de ses amis; on la haïroit pour tout ce qu'elle aime, et l'on attaqueroit d'abord l'objet sans défense avant d'arriver à ceux que l'on pourroit encore redouter.

Rien ne prête davantage aux suppositions vagues que l'incertaine existence d'une femme dont le nom est célèbre et la carrière obscure. Si l'esprit vain de tel homme excite la dérision; si le caractère vil de tel autre le fait succomber sous le poids du mépris; si l'homme médiocre est repoussé, tous aiment mieux s'en prendre à cette puissance

inconnue qu'on appelle une femme. Les
anciens se persuadoient que le sort avoit
traversé leurs desseins quand ils ne s'accom-
plissoient pas. L'amour-propre aussi de nos
jours veut attribuer ses revers à des causes
secrettes, et non à lui-même; et ce seroit
l'empire supposé des femmes célèbres qui
pourroit, au besoin, tenir lieu de fatalité.

Les femmes n'ont aucune manière de ma-
nifester la vérité ni d'éclairer leur vie. C'est
le public qui entend la calomnie; c'est la
société intime qui peut seule juger de la
vérité. Quels moyens authentiques pourroit avoir une femme de démontrer la fausseté d'imputations mensongères? L'homme
calomnié répond par ses actions à l'univers;
il peut dire :

Ma vie est un témoin qu'il faut entendre aussi.

Mais ce témoin, quel est-il pour une femme?
quelques vertus privées, quelques services
obscurs, quelques sentimens renfermés dans
le cercle étroit de sa destinée, quelques écrits
qui la feront connoître dans les pays qu'elle
n'habite pas, dans les années où elle n'existera plus.

Un homme peut, même dans ses ouvrages, réfuter les calomnies dont il est devenu l'objet : mais pour les femmes, se défendre est un désavantage de plus ; se justifier, un bruit nouveau. Les femmes sentent qu'il y a dans leur nature quelque chose de pur et de délicat, bientôt flétri par les regards mêmes du public : l'esprit, les talens, une ame passionnée, peuvent les faire sortir du nuage qui devroit toujours les environner ; mais sans cesse elles le regrettent comme leur véritable asyle.

L'aspect de la malveillance fait trembler les femmes, quelque distinguées qu'elles soient. Courageuses dans le malheur, elles sont timides contre l'inimitié ; la pensée les exalte, mais leur caractère reste foible et sensible. La plupart des femmes auxquelles des facultés supérieures ont inspiré le desir de la renommée, ressemblent à Herminie revêtue des armes du combat : les guerriers voient le casque, la lance, le panache étincelant, ils croient rencontrer la force, ils attaquent avec violence, et dès les premiers coups, ils atteignent au cœur.

Non-seulement les injustices peuvent altérer entièrement le bonheur et le repos
d'une femme ; mais elles peuvent détacher
d'elle jusqu'aux premiers objets des affections de son cœur. Qui sait si l'image offerte
par la calomnie ne combat pas quelquefois
contre la vérité des souvenirs ? Qui sait si
les calomniateurs, après avoir déchiré la
vie, ne dépouilleront pas jusqu'à la mort
des regrets sensibles qui doivent accompa-
gner la mémoire d'une femme aimée ?

Dans ce tableau, je n'ai encore parlé que
de l'injustice des hommes envers les femmes
distinguées : celle des femmes aussi n'est-
elle point à craindre ? N'excitent-elles pas
en secret la malveillance des hommes ?
Font-elles jamais alliance avec une femme
célèbre pour la soutenir, pour la défendre,
pour appuyer ses pas chancelans ?

Ce n'est pas tout encore : l'opinion semble
dégager les hommes de tous les devoirs envers une femme à laquelle un esprit supérieur seroit reconnu : on peut être ingrat,
perfide, méchant envers elle, sans que l'opi-

nion se charge de la venger. *N'est-elle pas une femme extraordinaire?* Tout est dit alors ; on l'abandonne à ses propres forces, on la laisse se débattre avec la douleur. L'intérêt qu'inspire une femme, la puissance qui garantit un homme, tout lui manque souvent à-la-fois : elle promène sa singulière existence, comme les Parias de l'Inde, entre toutes les classes dont elle ne peut être, toutes les classes qui la considèrent comme devant exister par elle seule, objet de la curiosité, peut-être de l'envie, et ne méritant en effet que la pitié.

CHAPITRE V.

Des Ouvrages d'imagination.

Il est facile de signaler les défauts que le bon goût fait toujours une loi d'éviter dans les ouvrages littéraires ; mais il ne l'est pas également d'indiquer quelle est la route que l'imagination doit se tracer à l'avenir pour produire de nouveaux effets. Il est de certains moyens de succès en littérature dont la révolution a nécessairement détruit les causes. Commençons par examiner quels sont ces moyens, et nous serons conduits naturellement à quelques apperçus sur les ressources nouvelles qui peuvent encore se découvrir.

Les ouvrages d'imagination agissent sur les hommes de deux manières, en leur présentant des tableaux piquans qui font naître la gaîté, ou en excitant les émotions de l'ame. Les émotions de l'ame ont leur source dans les rapports inhérens à la nature humaine ; la gaîté n'est souvent que le résultat des relations diverses, et quelquefois bizarres, établies dans la société. Les émotions de l'ame ont donc une cause durable qui subit peu de changemens par les événemens politiques, tandis qu'à plusieurs égards la gaîté est dépendante des circonstances.

Plus vous simplifiez les institutions, plus vous effacez les contrastes dont l'esprit philosophique sait faire ressortir des oppositions frappantes. Voltaire est de tous les écrivains celui dont les ouvrages servent le mieux à démontrer combien un ordre politique raisonnable ôteroit de ressources à la plaisanterie. Voltaire met sans cesse en opposition ce qui devroit être et ce qui étoit, la pédanterie des formes et la frivolité des esprits, l'austérité des dogmes religieux et les mœurs faciles de ceux qui les enseignoient, l'ignorance des grands et leur pouvoir. Enfin la plupart de ses écrits supposent des institutions toujours contraires à la raison ; et des institutions assez puissantes pour donner à la plaisanterie qui les attaque, le mérite de la hardiesse. Si telle religion n'étoit pas en autorité dans un pays, il ne seroit pas plus piquant de s'en moquer, qu'il ne le seroit en Europe de tourner en ridicule les cérémonies des Brames. Il en est de même du préjugé de la naissance, et des abus révoltans qu'il peut entraîner. Les habitans d'un pays dans lequel ces abus n'existeroient pas, accorderoient à peine un léger sourire aux dérisions qui auroient ces préjugés pour objet.

Les Américains sentiroient bien foiblement le mérite d'une situation comique, qui feroit allusion à des institutions tout-à-fait étrangères à leur gouvernement; ils écouteroient peut-être encore ce qu'on en peut dire à cause du voisinage de l'Europe; mais jamais leurs écrivains ne penseroient à s'exercer sur un tel sujet. Toutes les plaisanteries qui portent sur les institutions civiles et politiques contraires à la raison naturelle, perdent leur effet dès qu'elles atteignent leur but, la réformation de l'ordre social.

Les Grecs se moquoient de leurs magistrats, mais non pas de leurs institutions.

Leur religion poétique enchaînoit leur imagination ; ils étoient toujours gouvernés, ou par une autorité de leur choix, ou par un tyran qui les asservissoit entièrement. Ils n'ont jamais été, comme les Français, dans cette sorte de situation intermédiaire, la plus féconde de toutes en contrastes spirituels.

La nation française prenoit ses propres souffrances pour l'objet de ses plaisanteries, couvroit de ridicule par son esprit ce qu'elle encensoit par ses formes, affectoit de se montrer étrangère à ses intérêts les plus importans, et consentoit à tolérer le despotisme, pourvu qu'elle pût se moquer d'elle-même comme l'ayant supporté.

Les philosophes grecs ne se sont point mis, comme les philosophes des pays monarchiques, en opposition avec les institutions de leur pays ; ils n'avoient pas l'idée de ces droits d'héritage qui fondent la plupart des pouvoirs chez les nations modernes depuis l'invasion des peuples du nord. L'autorité des magistrats, en Grèce, devoit sa

force à l'assentiment de la nation même.
Rien n'auroit donc paru plus singulier que
de chercher à rendre ridicule un ordre politique entièrement dépendant de la volonté
générale. D'ailleurs les peuples libres mettent trop d'importance aux institutions qui
les gouvernent, pour les livrer au hasard
d'une insouciante moquerie.

Si la constitution de France est libre, et
si ses institutions sont philosophiques, les
plaisanteries sur le gouvernement n'ayant
plus d'utilité, n'auront plus d'intérêt. Celles
mêmes qui ont pour but, comme dans Candide, de se moquer de l'espèce humaine,
doivent être exclues sous plusieurs rapports
dans un gouvernement républicain.

Quand le despotisme existe, il faut consoler les esclaves, en flétrissant à leurs yeux
le sort de tous les hommes ; mais l'exaltation nécessaire à la liberté républicaine
doit inspirer de l'éloignement pour tout ce
qui peut tendre à dégrader la nature humaine. Dégoûter de la vie, ce n'est point
fortifier le courage. Ce qu'il importe, c'est

de placer au-dessus d'elle les jouissances de
la vertu, et de donner à tous les sentimens
de l'ame une grande valeur, pour relever
d'autant plus le sentiment suprême, l'amour
du bien et des hommes.

Le secret de la plaisanterie est, en général, de rabattre tous les genres d'essor, de
porter des coups de bas en haut, et de dé-
jouer la passion par le sang froid. Ce secret
sert puissamment contre l'orgueil et les préjugés ; mais il faut que la liberté, il faut que
la vertu patriotique se soutienne par un intérêt très-actif pour le bonheur et la gloire
de la nation ; et vous flétrissez la vivacité de
ce sentiment, si vous inspirez aux hommes
distingués cette sorte d'appréciation dédaigneuse de toutes les choses humaines, qui
porte à l'indifférence pour le bien comme
pour le mal.

Lorsque la société marche dans la route
de la raison, c'est le découragement sur-
tout qu'il faut éviter ; et ces plaisanteries
qui, après avoir utilement détruit la force
des préjugés, ne pourroient plus agir que

sur la puissance des sentimens vrais, ces plaisanteries attaqueroient le principe d'existence morale qui doit soutenir les individus et les hommes. Ainsi donc Candide et les écrits de ce genre qui se jouent, par une philosophie moqueuse, de l'importance attachée aux intérêts mêmes les plus nobles de la vie, de tels écrits sont nuisibles dans une république, où l'on a besoin d'estimer ses pareils, de croire au bien qu'on peut faire, et de s'animer aux sacrifices de tous les jours par la religion de l'espérance.

Il existe sans doute, dans les ouvrages d'esprit, un autre genre de gaîté que celle qui tient presque uniquement à des plaisanteries sur l'ordre social ou sur la destinée humaine; c'est l'observation juste et fine des passions et des caractères. Le génie de Molière est le plus sublime modèle de ce talent supérieur. Voltaire n'a pu produire en ce genre aucun effet théâtral, quelque piquante que soit la tournure habituelle de son esprit. Il reste donc à examiner quels sont les sujets de comédie qui peuvent le mieux réussir dans un état libre.

Il y a deux sortes de ridicules très-distincts parmi les hommes, ceux qui tiennent à la nature même, et ceux qui se diversifient selon les différentes modifications de la société. Les ridicules de ce dernier genre doivent être en beaucoup moins grand nombre dans les pays où l'égalité politique est établie ; les relations sociales se rapprochant davantage des rapports naturels, les convenances sont plus d'accord avec la raison. On pouvoit être un homme de beaucoup de mérite dans l'ancien régime, et cependant se rendre ridicule par une ignorance absolue des usages. Les véritables convenances, dans un état libre, ne peuvent être blessées que par les défauts réels de l'esprit ou du caractère.

Souvent il falloit, sous la monarchie, savoir concilier sa dignité et son intérêt, l'extérieur du courage et le calcul secret de la flatterie, l'air de l'insouciance et la persistance de l'intérêt personnel, la réalité de la servitude et l'affectation de l'indépendance. Toutes ces difficultés à vaincre pouvoient rendre très-aisément ridicule celui qui ne

connoissoit pas l'art de les éviter. Plus de
simplicité dans les manières et dans les situations fourniroit aux écrivains, sous la république, beaucoup moins de scènes de comédies.

Parmi les pièces de Molière, il en est qui
se fondent uniquement sur des préjugés éta-
blis, telles que le Bourgeois Gentilhomme,
George Dandin, &c. mais il en est aussi,
telles que l'Avare, le Tartuffe, &c. qui peignent l'homme de tous les pays et de tous
les temps ; et celles-là pourroient convenir à un gouvernement libre, si ce n'est
dans chaque détail, au moins par l'ensemble.

Le comique qui porte sur les vices du
cœur humain est plus frappant, mais plus
amer que celui qui retrace de simples ridicules ou de bizarres institutions. On éprouve
un sentiment confus de tristesse dans les
scènes les plus comiques du Tartuffe, parce
qu'elles rappellent la méchanceté naturelle
à l'homme ; mais quand les plaisanteries se
portent sur les travers qui résultent de cer-

tains préjugés, ou sur ces préjugés eux-
mêmes, l'espoir que vous conservez toujours de les corriger, répand une gaîté plus
douce sur l'impression causée par le ridicule. L'on ne peut avoir ni le talent, ni
l'occasion de ce genre de gaîté légère dans
un gouvernement fondé sur la raison, et
les esprits doivent plutôt se tourner vers
la haute comédie, le plus philosophique de
tous les ouvrages d'imagination, et celui
qui suppose l'étude la plus approfondie du
cœur humain. La république peut exciter une émulation nouvelle dans cette carrière.

Ce qu'on se plaît à tourner en dérision,
sous une monarchie, ce sont les manières
qui font disparate avec les usages reçus;
ce qui doit être l'objet, dans une république, des traits de la moquerie, ce sont
les vices de l'ame qui nuisent au bien général. Je vais rappeler un exemple remarquable des sujets nouveaux que peut traiter
la comédie, et du nouveau but qu'elle doit
se proposer.

Dans le Misanthrope, c'est Philinte qui

est l'homme raisonnable, et c'est d'Alceste que l'on rit. Un auteur moderne, développant ces deux caractères dans la suite de leur vie, nous a fait voir Alceste généreux et dévoué dans l'amitié, et Philinte avide en secret et tyranniquement égoïste. L'auteur a saisi, je crois, dans sa pièce, le point de vue sous lequel il faut présenter désormais la comédie : ce sont les vices pour ainsi dire négatifs, ceux qui se composent de la privation des qualités, qu'il faut maintenant attaquer au théâtre. Il faut signaler de certaines formes derrière lesquelles tant d'hommes se retirent pour être personnels en paix, ou perfides avec décence. L'esprit républicain exige des vertus positives, des vertus connues. Beaucoup d'hommes vicieux n'ont d'autre ambition que d'échapper au ridicule ; il faut leur apprendre, il faut avoir le talent de leur prouver que le succès du vice prête plus à la moquerie que la mal-adresse de la vertu.

Depuis quelque temps, on appelle un caractère décidé celui qui marche à son intérêt au mépris de tous ses devoirs ; un

homme spirituel, celui qui trahit successivement avec art tous les liens qu'il a formés. On veut donner à la vertu l'air de la
duperie, et faire passer le vice pour la
grande pensée d'une ame forte; il faut que
la comédie s'attache à faire sentir avec talent que l'immoralité du cœur est aussi la
preuve des bornes de l'esprit; il faut qu'elle
parvienne à mettre en souffrance l'amour-
propre des hommes corrompus, et qu'elle
fasse prendre au ridicule une direction nouvelle. On aimoit jadis à peindre la grace de
certains défauts, la niaiserie des qualités
estimables; mais ce qui est desirable aujour-
d'hui, c'est de consacrer l'esprit à tout réta-
blir dans le sens vrai de la nature, à montrer réunis ensemble le vice et la stupidité,
le génie et la vertu.

Quels seront nos contrastes, dira-t-on,
et d'où naîtront nos effets? Il en doit sortir
de très-inattendus de ce nouveau genre. On
n'a cessé, par exemple, de nous présenter
au théâtre la conduite immorale des hommes
envers les femmes, avec l'intention de se
moquer des femmes trompées. La confiance

que peuvent avoir les femmes dans les sentimens qu'elles inspirent, peut être, avec raison, l'objet de la raillerie ; mais le talent se
montreroit plus fort, le sujet seroit pris de
plus haut, si c'étoit au trompeur que s'atta-
chât le ridicule, si l'on savoit le faire porter
sur l'oppresseur, et non sur la victime. Il est
facile d'attaquer sérieusement ce qui est coupable en soi ; mais ce qui est piquant, c'est
de jeter habilement sur l'immoralité le ver-
nis de la sottise ; et cela se peut.

Les hommes qui veulent faire recevoir
leurs vices et leurs bassesses comme des
graces de plus, dont la prétention à l'esprit
est telle qu'ils se vanteroient presque à vous-
mêmes de vous avoir habilement trahis, s'ils
n'espéroient pas que vous le saurez un jour,
ces hommes qui veulent cacher leur inca-
pacité par leur scélératesse, se flattant que
l'on ne découvrira jamais qu'un esprit si
fort contre la morale universelle est si foible
dans ses conceptions politiques, ces caractères si indépendans de l'opinion des hommes
honnêtes, et si tremblans devant celle des
hommes puissans, ces charlatans de vices,

ces frondeurs de principes élevés, ces moqueurs des ames sensibles, c'est eux qu'il faut vouer au ridicule qu'ils préparent, les dépouiller comme des êtres misérables, et les abandonner à la risée des enfans. Ce n'est rien que de tourner contre eux la puissance énergique de l'indignation ; il faut savoir leur ôter jusqu'à cette réputation d'adresse et d'insolence sur laquelle ils comptoient, comme compensation de la perte de l'estime.

Dans les pays où les institutions politiques sont raisonnables, le ridicule doit être dirigé dans le même sens que le mépris. Il faut livrer le vice élégant, le vice réservé, le vice habile aux sarcasmes de la moquerie, seul vengeur qui s'introduise au milieu même de la prospérité des méchans, seule arme qui blesse encore celui qui ne connnoît plus ni la honte ni les remords.

Ce qui pervertit la moralité en France, c'est le besoin de faire effet d'une manière quelconque, et sur-tout par son esprit. Quand les qualités qu'on possède ne suffi-

sent pas pour atteindre à ce but, l'on a recours au vice pour se faire remarquer; il
donne de certaines formes confiantes, une
certaine assurance, une sorte de fermeté,
du moins contre le malheur des autres, qui
peut faire quelque illusion. La comédie doit
combattre cette disposition détestable, en lui
faisant manquer son objet. L'indignation
attaque le vice comme une puissance. La
comédie doit le ranger parmi les foiblesses
du plus misérable esprit.

La littérature des pays libres a été, comme
je l'ai dit, rarement célèbre en bonnes comédies; la facilité de réussir par des allusions aux circonstances du moment, et le
sérieux des grands intérêts politiques, ont
également nui tour-à-tour, chez divers
peuples, à l'art de la comédie. Mais en
France, la puissance de l'amour-propre
conserve une telle activité, qu'elle fournira
pendant long-temps encore aux combinaisons des comédies. Horace a peint l'homme
juste restant debout sur les ruines du monde.
Il en est ainsi de l'opinion qu'un Français
a de lui-même. Elle survit intacte à toutes

les fautes qu'il commet comme à tous les bouleversemens qui l'environnent. Tant que ce trait du caractère national ne sera point effacé parmi nous, les auteurs comiques auront toujours des sujets piquans à traiter, et le ridicule sera toujours une puissance, une puissance qui peut servir aux progrès de la philosophie, comme la raison et le sentiment.

La tragédie appartient à des affections toujours les mêmes ; et comme elle peint la douleur, la source de ses effets est inépuisable. Néanmoins elle est modifiée, comme toutes les productions de l'esprit humain, par les institutions sociales et les mœurs qui en dépendent.

Les sujets antiques et leurs imitateurs produisent moins d'effets dans la république que dans la monarchie : les distinctions de rang rendoient encore plus sensibles les peines attachées aux revers du sort ; elles mettoient entre l'infortune et le trône un immense intervalle que la pensée ne pouvoit franchir qu'en frémissant. L'ordre so-

cial qui, chez les anciens, créoit des esclaves, creusoit encore plus avant l'abîme de
la misère, élevoit encore plus haut la fortune, et donnoit à la destinée humaine des
proportions vraiment théâtrales. On peut
s'intéresser sans doute aux situations dont
on n'a pas des exemples analogues dans son
propre pays; mais néanmoins l'esprit philosophique qui doit résulter à la longue des
institutions libres et de l'égalité politique,
cet esprit diminue tous les jours la puissance
des illusions sociales.

La royauté avoit été souvent bannie,
souvent détruite par les gouvernemens anciens; mais de nos jours elle a subi l'épreuve
de l'analyse, et c'est ce qu'il peut y avoir de
plus contraire aux effets de l'imagination.
La splendeur de la puissance, le respect
qu'elle inspire, la pitié qu'on ressent pour
ceux qui la perdent quand on leur suppose
un droit à la posséder, tous ces sentimens
agissent sur l'ame, indépendamment du talent de l'auteur, et leur force s'affoibliroit
extrêmement dans l'ordre politique que je
suppose. Déjà même l'homme a trop souf-

fert comme homme pour que les dignités, le pouvoir, les circonstances enfin qui sont particulières à quelques destinées seulement, ajoutent beaucoup à l'émotion causée par le malheur.

Il faut cependant éviter de faire de la tragédie un drame; et pour se préserver de ce défaut, on doit chercher à se rendre compte de la différence de ces deux genres. Cette différence ne consiste pas, je le crois, uniquement dans le rang des personnages que l'on représente, mais dans la grandeur des caractères et la force des passions que l'on sait peindre.

Plusieurs tentatives ont été faites pour adapter à la scène française des beautés du génie anglais, des effets du théâtre allemand; et si l'on en excepte un très-petit nombre (1),

_____

(1) Ducis, dans quelques scènes de presque toutes ses pièces ; Chénier, dans le quatrième acte de Charles ix ; Arnault, dans le cinquième acte des Vénitiens, ont introduit sur la scène française un nouveau genre d'effet très-remarquable, et qui appartient plus au génie des poètes du nord qu'à celui des poètes français.

ces essais ont obtenu des succès momen-
tanés, et nulle réputation durable. C'est que
l'attendrissement dans les tragédies, comme
le rire dans la comédie, n'est qu'une impression passagère. Si vous n'avez pas acquis
une idée de plus par la cause même de votre
impression, si la tragédie qui vous a fait
pleurer ne laisse après elle, ni le souvenir
d'une observation morale, ni celui d'une situation nouvelle tirée du mouvement même
des passions, l'émotion qu'elle excite en vous
est un plaisir plus innocent que le combat
des gladiateurs; mais cette émotion n'agrandit pas davantage la pensée et le sentiment.

Il y a dans un ouvrage allemand une observation qui me paroît parfaitement juste;
c'est que les belles tragédies doivent rendre
l'ame plus forte après l'avoir déchirée. En
effet, la véritable grandeur du caractère,
dans quelque situation douloureuse qu'on
la représente, inspire aux spectateurs un
mouvement d'admiration qui les rend plus
capables de braver l'adversité. Le principe
de l'utilité se retrouve dans ce genre comme
dans tous les autres. Ce qui est vraiment

beau, c'est ce qui rend l'homme meilleur ; et sans étudier les règles du goût, si l'on sent qu'une pièce de théâtre agit sur notre propre caractère en le perfectionnant, on est assuré qu'elle contient de véritables traits de génie. Ce ne sont pas des maximes de morale, c'est le développement des caractères et la combinaison des événemens naturels qui produisent un semblable effet au théâtre ; et c'est en prenant cette opinion pour guide, qu'on pourroit juger quelles sont les pièces étrangères dont nous pouvons nous enrichir.

Il ne suffit pas de remuer l'ame ; il faut l'éclairer ; et tous les effets qui frappent seulement les yeux, les tombeaux, les supplices, les ombres, les combats, on ne peut se les permettre, que s'ils servent directement à la peinture philosophique d'un grand caractère ou d'un sentiment profond. Toutes les affections des hommes pensans tendent vers un but raisonnable. Un écrivain ne mérite de gloire véritable, que lorsqu'il fait servir l'émotion à quelques grandes vérités morales.

Les circonstances de la vie privée suffisent à l'effet du drame, tandis qu'il faut,
en général, que les intérêts des nations soient
compromis dans un événement, pour qu'il
puisse devenir le sujet d'une tragédie. Néanmoins, c'est bien plutôt dans la hauteur
des idées et la profondeur des sentimens
que dans les souvenirs et les allusions historiques, que l'on doit chercher la dignité
tragique.

Vauvenargue a dit *que les grandes pensées venoient du cœur*. La tragédie met en
action cette sublime vérité. La pièce de Fénélon est fondée sur un fait qui est entièrement du genre du drame : cependant il suffit
du rôle et du souvenir de ce grand homme
pour faire de cette pièce une tragédie. Le
nom de M. de Malesherbes, sa noble et terrible destinée seroit, dans une nation sérieuse, le sujet de la tragédie du monde
la plus touchante. Une haute vertu, un génie vaste, voilà les dignités nouvelles qui
doivent caractériser la tragédie, et plus que
tout encore le sentiment du malheur, tel
que nous avons appris à l'éprouver.

Il ne me paroît pas douteux que la nature morale est plus énergique dans ses impressions que nos tragiques français, les plus admirables d'ailleurs, ne l'ont encore exprimée. Toutes les splendeurs qui dérivent des rangs suprêmes, introduisent dans les sujets tragiques une sorte de respect qui ne permet pas à l'homme de lutter corps à corps avec l'homme ; ce respect doit jetter quelquefois du vague dans la manière de caractériser les mouvemens de l'ame. Les expressions voilées, les sentimens contenus, les convenances ménagées supposent un genre de talent très-remarquable ; mais les passions ne peuvent être peintes au milieu de toutes ces difficultés, avec l'énergie déchirante, la pénétration intime que la plus complette indépendance doit inspirer.

Sous un gouvernement républicain, ce qu'il doit y avoir de plus imposant pour la pensée, c'est la vertu, et ce qui frappe le plus l'imagination, c'est le malheur. Je ne sais si la gloire même, seule pompe de la vie que l'esprit philosophique puisse honorer, je ne sais si le tableau de la gloire

même remueroit aussi puissamment des spectateurs républicains, que la peinture des
émotions qui répondent à tout notre être
par leur analogie avec la nature humaine.

L'esprit philosophique qui généralise les
idées, et le système de l'égalité politique,
doivent donner un nouveau caractère à nos
tragédies. Ce n'est pas une raison pour re-
jetter les sujets historiques ; mais il faut
peindre les grands hommes avec les sentimens qui réveillent pour eux la sympathie
de tous les cœurs, et relever les faits obscurs
par la dignité du caractère ; il faut ennoblir
la nature, au lieu de perfectionner les idées
de convention. Ce n'est point l'irrégularité
ni l'inconséquence des pièces anglaises et
allemandes qu'il faut imiter ; mais ce seroit
un genre de beautés nouvelles pour nous, et
pour les étrangers eux-mêmes, que de trouver l'art de donner de la dignité aux circonstances communes, et de peindre avec
simplicité les grands événemens.

Le théâtre est la vie noble ; mais il doit
être la vie ; et si la circonstance la plus vul-

gaire sert de contraste à de grands effets, il faut employer assez de talens à la faire admettre, pour reculer les bornes de l'art sans choquer le goût. On n'égalera jamais, dans le genre des beautés idéales, nos premiers tragiques. Il faut donc tenter, avec la mesure de la raison, avec la sagesse de l'esprit, de se servir plus souvent des moyens dramatiques qui rappellent aux hommes leurs propres souvenirs; car rien ne les émeut aussi profondément (1).

La nature de convention, au théâtre, est inséparable de l'aristocratie des rangs dans le gouvernement : vous ne pouvez soutenir

---

(1) Le public français accueille difficilement au théâtre les essais dans un genre nouveau ; admirateur, avec raison, des chefs-d'œuvre qu'il possède, il pense qu'on veut faire rétrograder l'art, quand on s'écarte de la route que Racine a tracée. Je ne crois pas impossible cependant de réussir dans une route nouvelle, en sachant ménager avec talent quelques effets non encore risqués sur la scène ; mais pour que cette entreprise ait du succès, il faut qu'elle soit dirigée par le goût le plus sévère. Une connoissance générale des préceptes de la littérature suffit pour ne pas s'éga-

l'une sans l'autre. L'art dramatique, privé
de toutes ces ressources factices, ne peut
s'accroître que par la philosophie et la sensibilité : mais, dans ce genre, il n'a point
de bornes ; car la douleur est un des plus
puissans moyens de développement pour
l'esprit humain.

La vie s'écoule, pour ainsi dire, inap-
perçue des hommes heureux ; mais lorsque
l'ame est en souffrance, la pensée se multiplie pour chercher un espoir, ou pour découvrir un motif de regret, pour approfondir le passé, pour présager l'avenir ; et
cette faculté d'observation, qui, dans le

---

rer, en se soumettant aux règles reçues. Mais lorsqu'on veut triompher de la répugnance naturelle aux
spectateurs français, pour ce qu'ils appellent le genre
anglais ou le genre allemand, l'on doit veiller avec un
scrupule extrême sur toutes les nuances que la délicatesse du goût peut réprouver. Il faut être hardi dans la
conception, mais prudent dans l'exécution, et suivre
à cet égard en littérature un principe qui seroit également vrai en politique : plus l'ensemble du projet est
hasardé, plus les précautions de détail doivent être soi-
gnées, presque timidement.

calme et le bonheur, se porte presque entièrement sur les objets extérieurs, n'a pour
objet, dans l'infortune, que nos propres impressions. L'action infatigable de la peine
fait passer et repasser sans cesse dans notre
cœur des idées et des sentimens qui tour-
mentent notre être en dedans de nous-
mêmes, comme si chaque instant amenoit
un événement nouveau. Quelle inépuisable
source de réflexions pour le génie !

Les préceptes de l'art tragique ne mettent
pas aux sujets que l'on peut choisir autant
d'entraves que les difficultés même attachées à l'exigeance de la poésie. Ce qui seroit sensible et vrai dans la langue usuelle,
peut être ridicule en vers. La mesure, l'harmonie, la rime, interdisent de certaines
expressions qui, dans telle situation donnée, pourroient produire un grand effet.
Les véritables convenances du théâtre ne
sont que la dignité même de la nature morale ; les convenances poétiques tiennent à
l'art des vers en lui-même ; et si elles aug-
mentent souvent l'impression de certaines

beautés, elles mettent des bornes à la carrière que le génie, observateur du cœur humain, pourroit parcourir.

On ne croiroit pas, dans la réalité, à la
douleur d'un homme qui pourroit exprimer en vers ses regrets pour la mort d'un
être qu'il auroit profondément aimé. Tel
degré de passion inspire la poésie ; un degré de plus la repousse. Il y a donc nécessairement une certaine profondeur de
peine, un genre de vérité que l'expression poétique affoibliroit, et des situations
simples dans la vie que la douleur rend
terribles, mais que l'on ne peut mettre
en vers, sans y porter des idées étrangères à la suite naturelle des impressions.
On ne sauroit nier cependant qu'une tragédie en prose, quelque éloquente qu'elle
pût être, n'excitât d'abord beaucoup moins
d'admiration que nos chefs-d'œuvre en
vers. Le mérite de la difficulté vaincue,
et le charme de la poésie, tout sert à relever le double mérite du poète et de l'auteur dramatique. Mais c'est la réunion même
de ces deux talens qui a été l'une des prin-

cipales causes des grandes différences qui existent entre la tragédie française et la tragédie anglaise.

Les personnages obscurs de Shakespear parlent en prose, ses scènes de transition sont en prose; et lors même qu'il se sert de la langue des vers, ces vers n'étant point rimés, n'exigent point, comme en français, une splendeur poétique presque continue. Je ne conseille pas cependant d'essayer en France des tragédies en prose, l'oreille auroit de la peine à s'y accoutumer; mais il faut perfectionner l'art des vers simples, et tellement naturels, qu'ils ne détournent point, même par des beautés poétiques, de l'émotion profonde qui doit absorber toute autre idée. Enfin, pour ouvrir une nouvelle source d'émotions théâtrales, il faudroit trouver un genre intermédiaire entre la nature de convention des poètes français et les défauts de goût des écrivains du nord.

La philosophie s'étend à tous les arts d'imagination, comme à tous les ouvrages de raisonnement; et l'homme, dans ce siècle, n'a plus de curiosité que pour les passions de l'homme. Au-dehors, tout est vu, tout est jugé ; l'être moral, dans ses mouvemens intérieurs, reste seul encore un objet de surprise, peut seul causer une impression forte. La tragédie, toute-puissante sur le cœur humain, ce n'est point celle qui nous retraceroit les idées communes de l'existence vulgaire, ni celle qui nous peindroit des caractères et des situations presqu'aussi loin de la nature que le merveilleux de la féerie : ce seroit celle qui pourroit entretenir l'homme dans les sentimens les plus purs qu'il ait jamais éprouvés, et rappeler l'ame des auditeurs, quels qu'ils soient, au plus noble mouvement de leur vie.

La poésie d'imagination ne fera plus de progrès en France : l'on mettra dans les vers des idées philosophiques, ou des sentimens passionnés ; mais l'esprit humain est arrivé, dans notre siècle, à ce degré qui ne permet plus ni les illusions, ni l'enthousiasme qui crée des tableaux et des fables propres à frapper les esprits. Le génie français n'a jamais été très-remarquable en ce genre; et maintenant on ne peut ajouter aux effets de la poésie, qu'en exprimant dans ce beau langage, les pensées nouvelles dont le temps doit nous enrichir.

Si l'on vouloit se servir encore de la mythologie des anciens, ce seroit véritablement retomber dans l'enfance par la vieillesse : le poète peut se permettre toutes les créations d'un esprit en délire, mais il faut que vous puissiez croire à la vérité de ce qu'il éprouve. Or, la mythologie n'est pour les modernes ni une invention, ni un sentiment. Il faut qu'ils recherchent dans leur mémoire ce que les anciens trouvoient dans leurs impressions habituelles. Ces formes poétiques, empruntées du paganisme, ne sont pour nous que l'imitation de l'imitation ; c'est peindre la nature à travers l'effet qu'elle a produit sur d'autres hommes.

Quand les anciens personnifioient l'amour et la beauté, loin d'affoiblir l'idée qu'on en pouvoit concevoir, ils la rendoient plus sensible, ils l'animoient aux regards des hommes, qui n'avoient encore qu'une idée confuse de leurs propres sensations. Mais les modernes ont observé les mouvemens de l'ame avec une telle pénétration, qu'il leur suffit de savoir les peindre pour être éloquens et passionnés, et s'ils adoptoient les fictions antérieures à cette profonde connoissance de l'homme et de la nature, ils ôteroient à leurs tableaux l'énergie, la nuance et la vérité.

Dans les ouvrages des anciens même, combien ne préfère-t-on pas ce qu'on y trouve d'observations sur le cœur humain, à tout l'éclat des fictions les plus brillantes? L'image de l'Amour prenant les traits d'Ascagne pour enflammer Didon en jouant avec elle, peint-elle aussi bien l'origine d'un sentiment passionné, que les vers si beaux qui nous expriment les affections et les mouvemens que la nature inspire à tous les cœurs?

Tout ce qui environnoit les anciens leur rappelant sans cesse les dieux du paganisme, ils devoient en mêler le souvenir et l'image à toutes leurs impressions; mais quand les modernes imitent à cet égard les anciens, on ne peut ignorer qu'ils puisent dans les livres des ressources pour embellir ce que le sentiment seul suffisoit pour animer. Le travail de l'esprit se fait toujours apper- cevoir, avec quelqu'habileté qu'il soit mé- nagé ; et l'on n'est plus entraîné par ce ta- lent, pour ainsi dire involontaire, qui reçoit une émotion au lieu de la chercher, qui s'abandonne à ses impressions au lieu de choisir ses moyens d'effet. Le véritable ob- jet du style poétique doit être d'exciter, par des images tout-à-la-fois nouvelles et vraies , l'intérêt des hommes pour les idées et les sentimens qu'ils éprouvoient à leur insu ; la poésie doit suivre, comme tout ce qui tient à la pensée, la marche philosophique du siècle.

Il faut étudier les modèles de l'antiquité pour se pénétrer du goût et du genre sim- ple, mais non pour alimenter sans cesse les ouvrages modernes des idées et des fictions des anciens : l'invention qui se mêle à de semblables réminiscences, est preque tou- jours en disparate avec elles. A quelque per-

fection que l'on portât l'étude des ouvrages
des anciens, on pourroit les imiter, mais il
seroit impossible de créer comme eux dans
leur genre. Pour les égaler, il ne faut point
s'attacher à suivre leurs traces; ils ont moissonné dans leurs champs : il vaut mieux
défricher le nôtre.

Le petit nombre des idées mythologiques
des poètes du Nord sont plus analogues à la
poésie française, parce qu'elles peuvent
mieux s'accorder, comme j'ai tâché de le
prouver, avec les idées philosophiques. L'i-
magination, dans notre siècle, ne peut
s'aider d'aucune illusion : elle peut exalter
les sentimens vrais, mais il faut toujours
que la raison puisse approuver et comprendre ce que l'enthousiasme fait aimer (1).

Un nouveau genre de poésie existe dans
les ouvrages en prose de J. J. Rousseau et
de Bernardin de Saint-Pierre ; c'est l'obser-

---

(1) De Lille, Saint-Lambert et Fontanes, nos
meilleurs poètes dans le genre descriptif, se sont déjà
très-rapprochés du caractère des poètes anglais.

vation de la nature dans ses rapports avec les sentimens qu'elle fait éprouver à l'homme. Les anciens, en personnifiant chaque fleur, chaque rivière, chaque arbre, avoient écarté les sensations simples et directes, pour y substituer des chimères brillantes, mais la providence a mis une telle relation entre les objets physiques et l'être moral de l'homme, qu'on ne peut rien ajouter à l'étude des uns qui ne serve en même-temps à la connoissance de l'autre.

On ne sépare pas dans son souvenir le bruit des vagues, l'obscurité des nuages, les oiseaux épouvantés, et le récit des sentimens qui remplissoient l'âme de Saint-Preux et de Julie, lorsque sur le lac qu'ils traversoient ensemble, *leurs cœurs s'entendirent pour la dernière fois.*

La nature féconde de l'île de France, cette végétation active et multipliée que l'on retrouve sous la ligne, ces tempêtes épouvantables qui succèdent rapidement aux jours les plus calmes, s'unissent dans notre imagination avec le retour de Paul et Vir-

ginie revenant ensemble, portés par leur
nègre fidèle, pleins de jeunesse, d'espérance
et d'amour, et se livrant avec confiance à
la vie, dont les orages alloient bientôt les
anéantir.

Tout se lie dans la nature, dès qu'on en
bannit le merveilleux, et les écrits doivent
imiter l'accord et l'ensemble de la nature.
La philosophie, en généralisant davantage
les idées, donne plus de grandeur aux images poétiques. La connoissance de la logique
rend plus capable de faire parler la passion.
Une progression constante dans les idées,
un but d'utilité doit se faire sentir dans
tous les ouvrages d'imagination. On ne veut
plus de mérite relatif, on ne met plus d'intérêt même aux difficultés vaincues, lorsqu'elles ne font avancer en rien l'esprit
humain. Il faut analyser l'homme, ou le
perfectionner. Les romans, la poésie, les
pièces dramatiques et tous les écrits qui
semblent n'avoir pour objet que d'intéresser, ne peuvent atteindre à cet objet même
qu'en remplissant un but philosophique.
Les romans qui ne contiendroient que des

événemens extraordinaires, seroient bientôt délaissés (1). La poésie qui ne contien-
droit que des fictions, les vers qui n'auroient

---

(1) Les romans que l'on nous a donnés depuis
quelque temps, dans lesquels on vouloit exciter la
terreur, avec de la nuit, des vieux châteaux, de longs
corridors et du vent, sont une des productions les plus
inutiles, et par conséquent, à la longue, les plus fati-
gantes de l'esprit humain. Ce sont des espèces de contes
de fées, un peu plus monotones que les véritables,
parce que les combinaisons en sont moins variées. Mais
les romans qui peignent les mœurs et les caractères,
vous en apprennent souvent plus sur le cœur humain
que l'histoire même. On vous dit dans ces sortes d'ouvrages, sous la forme de l'invention, ce qu'on ne vous
raconteroit jamais sous celle de l'histoire. Les femmes
de nos jours, soit en France, soit en Angleterre, ont
excellé dans le genre des romans, parce que les femmes
étudient avec soin, et caractérisent avec sagacité les
mouvemens de l'ame; d'ailleurs on n'a consacré jusqu'à présent les romans qu'à peindre l'amour, et les
femmes seules en connoissent toutes les nuances déli-
cates. Parmi les romans français nouveaux, dont les
femmes sont les auteurs, on doit citer Caliste, Adèle de
Senanges, et en particulier les ouvrages de madame de
Genlis; le tableau des situations et l'observation des
sentimens lui méritent une première place parmi les
bons écrivains.

que de la grace , fatigueroient les esprits
avides avant tout, des découvertes que l'on
peut faire dans les mouvemens et dans les
caractères des hommes.

Le déchaînement des passions qu'amènent
les troubles civils, ne laisse subsister qu'une
seule curiosité , celle que font éprouver les
écrits qui pénètrent dans les pensées et dans
les sentimens de l'homme , ou servent à
vous faire connoître la force et la direction
de la multitude. On n'est donc curieux que
des ouvrages qui peignent les caractères,
qui les mettent en action de quelque manière , et l'on n'admire que les écrits qui
développent dans notre cœur la puissance
de l'exaltation.

Le célèbre métaphysicien allemand, Kant,
en examinant la cause du plaisir que font
éprouver l'éloquence, les beaux arts, tous
les chefs-d'œuvre de l'imagination , dit que
ce plaisir tient au besoin de reculer les limites de la destinée humaine; ces limites qui
resserrent douloureusement notre cœur ,
une émotion vague, un sentiment élevé

les fait oublier pendant quelques instans ;
l'ame se complaît dans la sensation inex-
primable que produit en elle ce qui est noble
et beau ; et les bornes de la terre disparois-
sent quand la carrière immense du génie
et de la vertu s'ouvre à nos yeux. En effet,
l'homme supérieur ou l'homme sensible se
soumet avec effort aux loix de la vie, et
l'imagination mélancolique rend heureux
un moment, en faisant rêver l'infini.

Le dégoût de l'existence, quand il ne
porte pas au découragement, quand il laisse
subsister une belle inconséquence, l'amour
de la gloire, le dégoût de l'existence peut
inspirer de grandes beautés de sentimens :
c'est d'une certaine hauteur que tout se con-
temple ; c'est avec une teinte forte que tout
se peint. Chez les anciens, on étoit d'autant
meilleur poète, que l'imagination s'en-
chantoit plus facilement. De nos jours,
l'imagination doit être aussi détrompée de
l'espérance que la raison : c'est ainsi que
cette imagination philosophe peut encore
produire de grands effets.

Il faut qu'au milieu de tous les tableaux

de la prospérité même, un appel aux réflexions du cœur vous fasse sentir le penseur
dans le poëte. A l'époque où nous vivons,
la mélancolie est la véritable inspiration du
talent : qui ne se sent pas atteint par ce sentiment, ne peut prétendre à une grande gloire
comme écrivain ; c'est à ce prix qu'elle est
achetée.

Enfin, dans le siècle du monde le plus
corrompu, en ne considérant les idées de
morale que sous leur rapport littéraire, il
est vrai de dire qu'on ne peut produire aucun effet très-remarquable par les ouvrages
d'imagination, qu'en les dirigeant dans le
sens de l'exaltation de la vertu. Nous sommes arrivés à une période qui ressemble,
sous quelques rapports, à l'état des esprits au
moment de la chute de l'empire romain, et de
l'invasion des peuples du nord. Dans cette
période, le genre-humain eut besoin de l'enthousiasme et de l'austérité. Plus les mœurs
de France sont dépravées maintenant, plus
on est près d'être lassé du vice, d'être irrité
contre les interminables malheurs attachés
à l'immoralité. L'inquiétude qui nous dévore

finira par un sentiment vif et décidé, dont les grands écrivains doivent se saisir à l'avance. L'époque du retour à la vertu n'est pas éloignée, et déjà l'esprit est avide des sentimens honnêtes, si la raison ne les a pas encore fait triompher.

Pour réussir par les ouvrages d'imagination, il faut peut-être présenter une morale facile au milieu des mœurs sévères ; mais au milieu des mœurs corrompues, le tableau d'une morale austère est le seul qu'il faille constamment offrir. Cette maxime générale est encore susceptible d'une application plus particulière à notre siècle.

Tant que l'imagination d'un peuple est tournée vers les fictions, toutes les idées peuvent se confondre au milieu des créations bizarres de la rêverie; mais quand toute la puissance qui reste à l'imagination consiste dans l'art d'animer, par des sentimens et des tableaux, les vérités morales et philosophiques, que peut-on puiser dans ces vérités qui convienne à l'exaltation poétique ? Une seule pensée sans bornes, un seul

enthousiasme que la réflexion ne désavoue pas, l'amour de la vertu, cette inépuisable source, peut féconder tous les arts,
toutes les productions de l'esprit, et réunir
à-la-fois dans un même sujet, dans un même
ouvrage, les délices de l'émotion et l'assentiment de la sagesse.

CHAPITRE VI,

De la Philosophie.

Nous possédons dans les sciences, et particulièrement dans les mathématiques, les plus grands hommes de l'Europe. Nos troubles civils, loin de décourager l'émulation dans cette carrière, ont inspiré le désir de s'y refugier. Inestimable avantage de l'époque où nous nous trouvons ! Lorsque les passions intestines mettent le désordre dans toutes les idées morales, il reste encore des vérités dont la route est connue et la méthode fixée. Les penseurs, repoussés de toutes parts par la folie de l'esprit de parti, s'attachent à ces études ; et comme la puissance de la raison est toujours la même, à quelque objet qu'elle s'applique, l'esprit humain qui seroit peut-être tombé dans la décadence, s'il n'avoit eu que les querelles des factions pour aliment, l'esprit humain se conserve par les sciences exactes jusqu'à ce que l'on puisse appliquer de nouveau la logique de la pensée aux objets qui intéressent la gloire et le bonheur des sociétés.

Les erreurs de tout génre, en politique et en morale, ne peuvent à la longue subsister à côté de cette masse imposante de connoissances et de découvertes qui porte partout dans l'ordre physique la lumière de l'entendement, et les superstitions et les préjugés, et les abstractions fausses et les principes inapplicables, finiront par s'anéantir en présence de cette raison calme et positive qui ne se mêle point, il est vrai, des intérêts du monde moral, mais enseigne par son exemple comment il faut procéder à la recherche de la vérité.

En examinant l'état actuel des lumières, l'on reconnoît aisément que nos véritables richesses ce sont les sciences. J'ai montré comment, en littérature, le goût a dû s'altérer ; et dans la philosophie politique les événemens ayant devancé les idées, les idées rétrogradent par-delà leur point de départ.

C'est un effet naturel des institutions pré-
cipitées, qui ne sont pas le résultat de l'ins-
truction, et par conséquent du desir général.

Si l'imagination, justement frappée des
crimes dont nous avons été témoins, les
attribue à quelques causes abstraites, on
devient passionné contre des principes,
comme on pourroit l'être contre des individus, et cette vaste prévention, dont un
principe peut être l'objet, s'étend à toutes
les pensées qui peuvent en dépendre par
les rapports les plus éloignés. Si l'on jugeoit
à ces signes de l'état des lumières, on croiroit l'esprit humain reculé de plus d'un
siècle en dix années; mais il faut observer
seulement la nature des argumens dont on
se sert en faveur des préjugés, quels qu'ils
soient.

C'est toujours par des idées générales,
par des motifs tirés du bonheur des nations,
par des raisonnemens fondés sur l'indépendance de l'esprit, que l'on juge tous les
genres de servitude vers lesquels divers

mouvemens peuvent rappeler. Quand l'esprit a pris une fois cette marche, soit que momentanément il avance ou rétrograde, ses progrès futurs sont assurés; il admet l'analyse; il ne sauroit long-temps défendre l'erreur. Dans la période où nous nous trouvons, nous n'avons pas encore conquis la connoissance des vérités politiques et morales; mais presque tous les partis, même les plus opposés, reconnoissent le raisonnement pour base de leurs discussions, et l'utilité publique comme le seul droit et le seul but des institutions sociales.

Il est donc impossible que l'esprit humain ne recommence pas à parcourir sa carrière philosophique, lorsque tous les sentimens, tous les souvenirs qui doivent dominer maintenant les ames honnêtes ne jetteront plus de confusion dans les idées. Considérons donc quelle sera cette carrière, seul avenir qui soutienne encore la pensée prête à s'abîmer dans la douloureuse contemplation du passé.

Il y avoit dans la philosophie des an-

ciens, plus d'imagination et moins de méthode que dans la philosophie des modernes.
Celle des anciens s'emparoit plus vivement
de l'ame; mais elle pouvoit l'égarer beaucoup plus facilement par l'esprit de systême,
et elle étoit bien moins susceptible de progrès certains et positifs.

L'analyse métaphysique n'avoit point encore établi un enchaînement de principes
depuis l'origine des idées jusqu'à leur terme
inconnu. Locke et Condillac ont beaucoup
moins d'imagination que Platon; mais ils
sont entrés dans la route de la démonstration géométrique; et cette méthode présente seule des progrès réguliers et sans
bornes.

En parlant du style, j'examinerai s'il n'est
pas possible, s'il n'est pas même nécessaire
à la marche ultérieure de la raison de faire
concorder ensemble ce qui frappe l'imagination et ce qui persuade l'entendement.
Il s'agit seulement ici de considérer l'application possible et les résultats vraisem-
blables de la philosophie, comme science.

Descartes a trouvé une manière de faire servir l'algèbre à la solution des problêmes de la géométrie. Si l'on pouvoit découvrir un jour dans le calcul des probabilités, une méthode qui pût convenir aux objets purement moraux, ce seroit faire un pas immense dans la carrière de la raison. Ce pas a depuis un siècle été fait, à quelques égards, dans la métaphysique de l'entendement humain. L'on a employé les formes de la démonstration pour expliquer la théorie des facultés intellectuelles ; c'est une conquête pour l'esprit philosophique. Si l'on suivoit la même route dans les sciences morales, cette conquête auroit encore des effets bien plus utiles. Si les questions de politique, par exemple, pouvoient jamais arriver à un degré d'évidence tel, que la grande majorité des hommes y donnât son assentiment comme aux vérités de calcul, combien le bonheur et le repos du genre humain n'y gagneroient-ils pas ?

Sans doute il sera difficile de soumettre au calcul, même à celui des probabilités, ce qui tient aux combinaisons morales.

Dans les sciences exactes, toutes les bases sont invariables; dans les idées morales, tout dépend des circonstances : l'on ne peut se décider que par une multitude de considérations, parmi lesquelles il en est de si fugitives, qu'elles échappent souvent même à la parole, à plus forte raison au calcul. Néanmoins M. de Condorcet, dans son ouvrage sur les probabilités, a très-bien fait sentir comment il seroit possible de connoître à l'avance, avec une presque certitude, quelle seroit l'opinion d'une assemblée sur tel sujet. Le calcul des probabilités, quand il s'applique à un très-grand nombre de chances, présente un résultat moralement infaillible ; il sert de guide à tous les joueurs, quoique son objet, dans ce cas, paroisse livré à tous les caprices du hasard. Il pourroit de même avoir son application relativement à la multitude de faits dont se composent les sciences politiques.

La table des morts et des naissances présente des résultats certains et invariables, aussi long-temps que subsiste l'ordre régulier des circonstances habituelles ; le nombre des divorces qui auront lieu chaque année, le nombre des vols et des meurtres qui se commettront dans un pays de telle population, et de telle situation religieuse et politique, ce nombre peut se calculer d'une manière précise ; et ces événemens qui dépendent cependant du concours journalier de toutes les passions humaines, ces événemens arrivent aussi exactement que ceux qui sont uniquement soumis aux loix de la nature.

En prenant la moyenne proportionnelle de dix années, l'on sait, à Berne, que tous les ans il se fait tant de divorces ; à Rome, que tous les ans il se commet tant d'assassinats ; et l'on ne se trompe point dans ce calcul. S'il en est ainsi, n'est-il donc pas possible de prouver que les combinaisons de l'ordre moral sont aussi régulières que les combinaisons de l'ordre physique, et de fonder des calculs positifs d'après ces combinaisons.

Il faut que ces calculs aient pour base l'uniformité constante de la masse, et non

pas la diversité de chaque exemple : un à
un, tout diffère dans l'ordre moral ; mais si
vous admettez cent mille chances, si vous
calculez d'après cent mille hommes pris au
hasard, vous saurez, par une approxima-
tion juste, quelle est dans ce nombre la proportion des hommes éclairés, des hommes
foibles, des scélerats et des esprits distingués. Vous le saurez encore plus exactement, si vous faites entrer dans vos combinaisons la force des intérêts de chaque
classe, comme en physique, l'impulsion
que donne telle pente au mouvement. En
joignant à ce calcul la connoissance éprou-
vée des effets de telle ou telle institution,
l'on pourroit fonder les pouvoirs politiques
sur des bases à-peu-près certaines, mesurer
la résistance qu'ils doivent rencontrer, et
les balancer entr'eux, d'après leur action
réelle, et l'indépendance de cette action.

Pourquoi ne parviendroit-on pas un jour
à dresser des tables qui contiendroient la
solution de toutes les questions politiques,
d'après les connoissances de statistique,
d'après les faits positifs que l'on recueille-

roit sur chaque pays ? l'on diroit : — pour administrer telle population, il faut exiger tel
sacrifice de la liberté individuelle ; — donc
telles loix, tel gouvernement conviennent à
tel empire. — Pour telle richesse, telle étendue de pays, il faut tel degré de force dans
le pouvoir exécutif : — donc telle autorité est
nécessaire dans telle contrée, et tyrannique
dans telle autre. — Tel équilibre est nécessaire entre les pouvoirs, pour qu'ils puissent se défendre mutuellement : — donc telle
constitution ne peut se maintenir, et telle
autre est nécessairement despotique. — On
pourroit prolonger ces exemples ; mais
comme la véritable difficulté de cette idée
n'est pas de la concevoir abstraitement,
mais de l'appliquer avec précision, il suffit
de l'indiquer.

L'on a eu tort de blâmer nos publicistes,
lorsqu'ils ont voulu appliquer le calcul à la
politique ; l'on a eu tort de leur reprocher
d'avoir tenté de généraliser les causes : mais
on a souvent eu raison de les accuser d'avoir
ignoré les faits.

C'est une science à créer que la politique.

L'on n'apperçoit encore que dans un loin-
tain obscur cette combinaison de l'expérience et des principes, qui amèneroit des
résultats tellement positifs, qu'on pourroit
parvenir à soumettre tous les problêmes
des sciences morales à l'enchaînement, à la
conséquence, à l'évidence pour ainsi dire
mathématique. Les élémens de la science
ne sont point fixés. Ce que nous appelons
des idées générales, ne sont que des faits
particuliers, et ne présentent qu'un côté
d'une question, sans en laisser voir l'ensemble. Ainsi donc chaque fait nouveau
nous imprime une impulsion nouvelle et
désordonnée.

Une année, toutes les déclamations sont
contre la puissance exécutive; une autre,
contre le pouvoir législatif; une année,
contre la liberté de la presse; une autre,
contre son asservissement. Aussi long-temps
qu'existera ce désordre, des circonstances
favorables, des hasards heureux pourront
établir, dans quelques pays, des institutions
conformes à la raison; mais les principes
généraux de la politique n'y seront pas fixés,

l'application de ces principes aux différentes modifications de l'état social, n'y sera pas assurée.

C'est ainsi qu'en Amérique beaucoup de problêmes politiques paroissent résolus; car les citoyens y vivent heureux et libres. Mais cè favorable hasard tient à des circonstances particulières, et ne préjuge en rien, ni quels sont les principes invariables en eux-mêmes, ni de quelle application ils sont susceptibles dans d'autres pays.

On peut encore moins présenter comme une preuve des progrès de l'esprit humain en politique, la longue durée et la stabilité presqu'indestructible de quelques gouvernemens de l'Europe, qui, se soutenant par leur puissance, et maintenant chez eux la paix et le calme, garantissent aux hommes quelques avantages de l'association. Le despotisme dispense de la science politique, comme la force dispense des lumières, comme l'autorité rend la persuasion superflue; mais ces moyens ne peuvent être admis lorsqu'on discute les intérêts des hommes. La force est une combinaison du hasard, destructive de tout ce qui tient à la pensée et au raisonnement; car l'exercice de l'une et de l'autre suppose toujours la liberté.

Le despotisme ne peut donc être l'objet des calculs de l'entendement. J'examine ici les ressources naturelles que l'esprit humain possède pour éviter de s'égarer, tout en avançant dans sa marche, et non les moyens d'abrutissement et de violence qui ne le préservent des erreurs qu'en arrêtant tous ses progrès.

L'analyse et l'enchaînement des idées dans un ordre mathématique, a cet avantage inappréciable, qu'il éloigne des esprits jusqu'à l'idée même de l'opposition. Tout sujet qui devient susceptible d'évidence, sort du domaine des passions, qui perdent l'espoir de s'en emparer. Déjà dans l'ordre moral, comme dans l'ordre physique, de certaines vérités sont à l'abri de leur empire. Depuis Newton, l'on ne fait plus de système nouveau sur l'origine des couleurs, ni sur les forces qui font mouvoir la terre. Depuis

Locke, l'on ne parle plus des idées innées, l'on est convenu que toutes les idées nous viennent des sens. Il est plus difficile de faire reconnoître l'évidence dans les questions politiques ; les passions ont plus d'intérêt à les dénaturer (1). Il est cependant de ces questions qui, déjà résolues, n'offrent plus à l'esprit de parti l'espérance d'aucun débat.

L'esclavage, la féodalité, les querelles religieuses elles-mêmes n'exciteront plus aucune guerre ; la lumière est assez généralement répandue sur ces objets, pour qu'il ne reste plus aux hommes véhémens l'espoir de les présenter sous des aspects différens, de former deux partis fondés sur deux manières diverses de juger et de faire voir les mêmes idées. Chaque progrès nouveau dans ce sens, met une partie de plus du bonheur social en sûreté.

---

(1) Leibnitz disoit que si les hommes avoient intérêt à nier les vérités mathématiques, ces vérités seroient mises en doute. Il est néanmoins certain qu'il est des vérités morales reconnues, et que leur nombre doit toujours augmenter avec le temps.

Les philosophes doivent donc, en politique, se proposer de soumettre à des combinaisons positives tous les faits qui leur sont connus, pour en tirer des résultats certains, d'après le nombre et la nature des chances.

Les algébristes ne vous disent pas : vous allez amener tel dé ; mais ils calculent en combien de coups tel dé doit revenir. Il en seroit de même des politiques ; ils ne pourroient pas dire : telle révolution arrivera tel jour ; mais ils seroient assurés du retour des mêmes circonstances dans un temps donné, si les institutions restoient les mêmes.

Aucun calcul, il est vrai, n'exigeroit une plus grande multiplicité de combinaisons différentes. Si une expérience physique peut manquer, parce qu'on ne s'est pas rendu compte d'une légère différence dans les procédés, d'un léger degré de plus ou de moins dans le froid ou la chaleur, quelle étude du cœur humain ne faut-il pas pour déterminer la considération qu'on doit donner au gouvernement, afin qu'il soit obéi sans pouvoir être injuste, et l'action nécessaire aux législateurs pour réunir la nation dans un même esprit, sans entraver l'essor individuel? De quel coup-d'œil exercé n'a-t-on pas besoin pour marquer le point juste où l'autorité exécutive cesse d'être un bien, comme celui où son absence seroit un mal? Il n'est point de problême composé d'un plus grand nombre de termes, il n'en est point où l'erreur soit d'une conséquence plus dangereuse.

Il existe une faculté dans l'homme dont les effets sont très-remarquables; c'est celle de croire. Des idées diamétralement opposées les unes aux autres s'établissent dans la même tête, et y existent simultanément. L'esprit admet une à une chaque proposition, sans avoir essayé de les juger; il crée ensuite des rapports factices dont l'apparente abstraction le saisit et l'exalte; car l'imagination est saisie par ce qui est abstrait, tout aussi fortement que par les tableaux les plus animés. Le vague des idées sans bornes est singulièrement propre à l'exaltation.

Le système une fois adopté, la passion s'en mêle; on défend tout alors, même l'idée que l'on croit fausse; et par un singulier effet de la dispute, ce que l'on soutient, finit par devenir ce que l'on pense. A force de chercher toujours des raisonnemens dans le même sens, on ne voit plus les argumens qui les combattent; l'irritation d'amour-propre que fait éprouver la contradiction, exagère l'opinion, engage la vanité. Lorsque après une suite d'actions que votre croyance vous a d'abord inspirées, votre intérêt se trouve intimement uni avec le succès de cette croyance, il se passe dans les réflexions intérieures des combats que l'on se nie à soi-même, et que l'on parvient à étouffer.

Les dévots portent le scrupule au fond de leurs pensées les plus intimes; ils finissent par se faire un crime de ces incertitudes passagères qui traversent quelquefois leur esprit. Il en est de même de tous les fana-tismes; l'imagination a peur du réveil de la raison, comme d'un ennemi étranger qui pourroit venir troubler le bon accord de ses chimères et de ses foiblesses.

Le fanatisme, en politique comme en religion, est agité par ces lueurs de vérité qui apparoissent par intervalle aux croyances les plus fermes. L'on poursuit dans les autres l'incertitude dont on a soi-même la première idée ; et la faculté de croire, bizarre dans sa véhémence, s'irrite de ses propres doutes, au lieu de s'en servir pour examiner de plus près la vérité.

Dans cette disposition de l'esprit humain, il y a des argumens pour tout, dans la langue même du raisonnement. Les opinions les plus absurdes, les maximes les plus détestables entrent dans la tête des hommes, dès qu'on leur a donné la forme d'une idée générale. Les contradictions se concilient par une sorte de logique purement grammaticale, qui, lorsqu'on ne l'analyse pas avec soin, semble revêtue de toute la sévérité du raisonnement.

« La loi, disoit Couthon dans celle du » 22 prairial, accorde pour défenseur aux » innocens, des jurés patriotes ; elle n'en » accorde point aux conspirateurs ». N'y a-t-il pas dans cette maxime toutes les parties du discours assez bien coordonnées ensemble ? et fut-il jamais possible cependant de réunir en aussi peu de mots autant d'atroces absurdités ? Cet enlacement du discours, qui enchaîne l'esprit le plus droit, et dont la raison la plus forte ne sait comment s'affranchir, est un des plus grands fléaux de la métaphysique imparfaite. Le raisonnement devient alors l'arme du crime et de la sottise, le charlatanisme des formes abstraites s'unit aux fureurs de la persécution, et l'homme combine, par un monstrueux mélange, tout ce que la superstition a de furieux avec tout ce que la philosophie a d'aride.

Il est impossible de ne pas éprouver le besoin d'une doctrine nouvelle, qui porte la lumière dans cet affreux amas de prétextes informes, derrière lesquels se retranche l'homme vil ou l'homme coupable, comme si la transformation d'erreurs en principes, et de sophismes en conséquences, changeoit rien à la fausseté radicale d'une première assertion, et pallioit les effets détestables de cette logique de scélératesse.

Cette doctrine nouvelle doit reposer sur deux bases, la morale et le calcul. Mais il est un principe dont il ne faut jamais s'écarter; c'est que toutes les fois que le calcul n'est pas d'accord avec la morale, le calcul est faux, quelque incontestable que paroisse au premier coup-d'œil son exactitude.

L'on a dit que dans la révolution de France, des spéculateurs barbares avoient pris pour bases de leurs sanglantes loix, des calculs mathématiques, dans lesquels ils avoient froidement sacrifié la vie de plusieurs milliers d'individus, à ce qu'ils regardoient comme le bonheur du plus grand nombre.

Ces hommes atroces, en retranchant de leur calcul les souffrances, les sentimens, l'imagination, croyoient le simplifier; ils ne se faisoient nulle idée de la nature des vérités générales. Ces vérités se composent de chaque fait et de chaque existence particulière. Le calcul n'est beau, n'est utile, que lorsqu'il saisit toutes les exceptions, et régularise toutes les variétés. Si vous laissez échapper une seule circonstance, votre résultat sera faux, comme la plus légère erreur de chiffre rend impossible la solution d'un problême.

La preuve des combinaisons de l'esprit, est dans l'expérience et le sentiment ; et le raisonnement, sous quelques formes qu'on le présente, ne peut jamais ni changer, ni modifier la nature des choses : il analyse ce qui est.

On présente comme une vérité mathématique le sacrifice que l'on doit faire du petit nombre au plus grand : rien n'est plus erroné, même sous le rapport des combinaisons politiques. L'effet des injustices est tel dans un état, qu'il le désorganise nécessairement.

Quand vous dévouez des innocens à ce que vous croyez l'avantage de la nation, c'est la nation même que vous perdez.

D'action en réaction, de vengeance en vengeance, les victimes qu'on avoit immolées sous le prétexte du bien général, renaissent de leurs cendres, se relèvent de leur exil; et tel qui restoit obscur si l'on fut demeuré juste envers lui, reçoit un nom, une puissance par les persécutions mêmes de ses ennemis. Il en est ainsi de tous les problêmes politiques dans lesquels la vertu est intéressée. Il est toujours possible de prouver, par le simple raisonnement, que la solution de ces problêmes est fausse comme calcul, si elle s'écarte en rien des loix de la morale.

La morale doit être placée au-dessus du calcul. La morale est la nature des choses dans l'ordre intellectuel; et comme, dans l'ordre physique, le calcul part de la nature des choses, et ne peut y apporter aucun changement, il doit, dans l'ordre intellectuel, partir de la même donnée, c'est-à-dire, de la morale.

Cette réflexion nous explique la cause de tant d'erreurs atroces ou absurdes, qui ont décrédité l'usage des idées abstraites dans la politique. C'est qu'au lieu de prendre la morale pour base inébranlable et législateur suprême, on l'a considérée, tout au plus, comme l'un des élémens du calcul, et non comme sa règle éternelle. Souvent même on l'a regardée comme un accessoire qu'on pouvoit modifier ou sacrifier à son gré.

Etablissons donc, en premier lieu, la morale comme point fixe. Soumettons ensuite la politique à des calculs partant de ce point, et nous verrons disparoître tous les inconvéniens reprochés jusqu'à ce jour, à juste titre, à la métaphysique appliquée aux institutions sociales et aux intérêts du genre humain.

La politique est soumise au calcul, parce que, s'appliquant toujours aux hommes réunis en masse, elle est fondée sur une combinaison générale, et par conséquent abstraite ; mais la morale ayant pour but la conservation particulière des droits et du bonheur de chaque homme, est nécessaire pour forcer la politique à respecter, dans ses combinaisons générales, le bonheur des individus. La morale doit diriger nos calculs, et nos calculs doivent diriger la politique.

Cette place que nous assignons à la morale, au-dessus du calcul, convient également à la morale publique et à la morale individuelle. C'est sous le premier rapport sur-tout que l'idée contraire a causé de grands maux. En soumettant la morale publique à ce qui devoit lui être subordonné, l'on a souvent fait le malheur de chacun, sous le prétexte du bonheur de tous. Certains systêmes philosophiques menacent aussi la morale individuelle d'une dégradation semblable.

Tout doit être soumis, en dernier ressort, à la vertu ; et quoique la vertu soit susceptible d'une démonstration fondée sur le calcul de l'utilité, ce n'est pas assez de ce calcul pour lui servir de base. Comme elle rencontre beaucoup d'obstacles, elle a reçu de la nature beaucoup de soutiens.

Les sciences morales ne sont susceptibles que du calcul des probabilités, et ce calcul ne peut se fonder que sur un très-grand nombre de faits, desquels vous pouvez extraire un résultat approximatif. La

science politique s'appliquant toujours aux
hommes réunis en nation, les probabilités,
dans cette science, peuvent équivaloir à une
certitude, vu la multiplicité des chances
dont elles sont tirées ; et les institutions que
vous établissez d'après ces bases, s'appliquant elles-mêmes aussi au bonheur de
la multitude, ne peuvent manquer leur
objet. Mais la morale a pour but chaque
homme en particulier, chaque fait, chaque
circonstance ; et quoiqu'il soit vrai que la
très-grande majorité des exemples prouve
qu'une conduite vertueuse est en même
temps la meilleure conduite à tenir pour le
succès des intérêts de la vie, on ne peut
affirmer qu'il n'y ait point d'exception à
cette règle générale.

Or, si vous voulez soumettre ces exceptions aux mêmes loix, si vous voulez inspirer la morale à chaque individu en particulier, dans quelque situation qu'il puisse
être, vous ne pouvez trouver que dans un
sentiment la source vive et constante qui se
renouvelle chaque jour pour chaque homme
dans chaque moment.

La morale est la seule des pensées humaines qui ait encore besoin d'un autre régulateur que le calcul de la raison. Toutes les idées qui embrassent le sort de plusieurs hommes à-la-fois, se fondent sur leur intérêt bien entendu ; mais lorsqu'on veut donner à chaque homme, pour guide de sa propre conduite, son intérêt personnel, quand même ce guide ne l'égareroit pas, il en résulteroit toujours que l'effet d'une telle opinion seroit de tarir dans son ame la source des belles actions.

Sans doute il est évident que la morale est presque toujours conforme aux intérêts des hommes ; mais lui donner pour point d'appui cette sorte de motif, c'est ôter à l'ame l'énergie nécessaire pour les sacrifices de la vertu.

On peut arriver, par un raisonnement subtil, à représenter le dévouement le plus généreux comme un égoïsme bien entendu ; mais c'est prendre l'acception grammaticale d'un mot plutôt que le sentiment qu'il réveille dans le cœur de ceux qui l'écoutent.

Tout revient à l'intérêt, puisque tout revient à soi; mais de même qu'on ne diroit pas : *La gloire est de mon intérêt, l'héroïsme est de mon intérêt, le sacrifice de ma vie est de mon intérêt,* c'est tout-à-fait dégrader la vertu, que de dire seulement à l'homme qu'elle est de son intérêt; car si vous reconnoissez que ce doit être son premier motif pour être honnête, vous ne pouvez pas lui refuser quelque liberté dans le jugement de ce qui le concerne; et il existe une foule de circonstances dans lesquelles il est impossible de ne pas croire que l'intérêt et la morale se contrarient.

Comment convaincre un homme que tel événement tout-à-fait nouveau, tout-à-fait inattendu a été prévu par ceux qui lui ont présenté des maximes générales sur la conduite qu'il devoit tenir. Les règles de la prudence (et la vertu, fondée seulement sur l'intérêt, n'est plus qu'une haute prudence), les règles de la prudence les plus reconnues, souffrent une multitude d'exceptions ; pourquoi la vertu, considérée comme le calcul de l'intérêt personnel, n'en auroit-elle point ? Il n'existe aucune manière de prouver qu'elle est toujours d'accord avec cet intérêt, à moins d'en revenir à placer le bonheur de l'homme dans le repos de sa conscience ; ce qui signifie simplement que les jouissances intérieures de la vertu sont préférables à tous les avantages de l'égoïsme.

Il n'est pas vrai que l'intérêt personnel soit le mobile le plus puissant de la conduite des hommes ; l'orgueil, l'amour-propre, la colère leur font très-aisément sacrifier cet intérêt ; et dans les ames vertueuses, il existe un principe d'action tout-à-fait différent d'un calcul individuel quelconque.

J'ai tâché de développer dans ce chapitre combien il importoit de soumettre à la démonstration mathématique toutes les idées humaines ; mais quoiqu'on puisse appliquer aussi ce genre de preuve à la morale, c'est à la source de la vie qu'elle se rattache ; son impulsion précède toute espèce de raisonnement. La même puissance créatrice qui fait couler le sang vers le cœur, inspire le

courage et la sensibilité, deux jouissances,
deux sensations morales dont vous détruisez
l'empire en les analysant par l'intérêt personnel, comme vous flétririez le charme
de la beauté, en la décrivant comme un
anatomiste.

Les élémens de notre être, la pitié, le
courage, l'humanité, agissent en nous avant
que nous soyons capables d'aucun calcul.
En étudiant chacune des parties de la nature, il faut supposer des données antérieures à l'examen de l'homme; l'impulsion
de la vertu doit partir de plus haut que le
raisonnement. Notre organisation, le développement que les habitudes de l'enfance
ont donné à cette organisation, voilà la véritable cause des belles actions humaines,
des délices que l'ame éprouve en faisant le
bien. Les idées religieuses qui plaisent tant
aux ames pures, animent et consacrent cette
élévation spontanée, la plus noble et la plus
sûre garantie de la morale. « Dans le sein
» de l'homme vertueux, disoit Sénèque,
» je ne sais quel Dieu ; mais il habite un

» Dieu ». Si ce sentiment étoit traduit dans la langue de l'égoïsme le plus éclairé, quel effet produiroit-il ?

C'est l'imagination, pourroit-on dire, qui fait préférer ce genre d'expressions; et le véritable sens de cette idée, comme de toutes, est soumis au raisonnement. Sans doute la raison est la faculté qui juge toutes les autres; mais ce n'est pas elle qui constitue l'identité de l'être moral. Quand on s'étudie soi-même, on reconnoît que l'amour de la vertu précède en nous la faculté de la réflexion; que ce sentiment est intimement lié à notre nature physique, et que ses impressions sont souvent involontaires. La morale doit être considérée dans l'homme, comme une inclination, comme une affection dont le principe est dans notre être, et que notre jugement doit diriger. Ce principe peut être fortifié par tout ce qui agrandit l'ame et développe l'esprit.

Il existe sûrement des moyens d'améliorer, par la réflexion et le calcul, la théorie même de la morale, d'indiquer de nouveaux rapports de délicatesse et de dévouement entre les hommes; mais ces moyens, utiles lorsqu'on les considère comme accessoires, deviendroient insuffisans et funestes, si l'on prétendoit les substituer au sentiment. Ils rétréciroient la sphère de la morale, au lieu de l'agrandir.

La philosophie, dans ses observations, reconnoît des causes premières, des forces préexistantes. La vertu est de ce nombre; elle est fille de la création, et non de l'analyse; elle naît presque en même-temps que l'instinct conservateur de la vie, et la pitié pour les autres se développe presque aussitôt que la crainte du mal qui peut nous arriver à nous-mêmes. Je ne désavoue certainement pas tout ce que la saine philosophie peut ajouter à la morale de sentiment; mais comme on feroit injure à l'amour maternel, en le croyant le résultat de la raison seulement, il faut conserver dans toutes les vertus ce qu'elles ont de purement naturel, en se réservant de jetter ensuite de nouvelles lu-

mières sur la meilleure direction de ces mouvemens irréfléchis.

La philosophie peut découvrir la cause
des sentimens que nous éprouvons; mais
elle ne doit marcher que dans la route
que ces sentimens lui tracent. La providence a répété deux fois de certaines vérités à l'homme, pour qu'elles ne pussent
échapper ni à son intérêt, ni à ses recherches.

L'homme qui s'égare dans les sciences
physiques, est ramené à la vérité par l'application qu'il doit faire de ses combinaisons aux faits matériels; mais celui qui se consacre aux idées abstraites dont se composent
les sciences morales, comment peut-il s'assurer si ce qu'il imagine sera juste et bon
dans l'exécution? comment peut-il diminuer
les frais de l'expérience, et présager l'avenir avec quelque certitude? Ce n'est qu'en
soumettant la raison à la vertu. Sans la vertu, rien ne peut subsister, rien ne peut
réussir contre elle. La consolante idée
d'une providence éternelle peut tenir lieu

de toute autre réflexion; mais il faut que les hommes déifient la morale elle-même, quand ils refusent de reconnoître un Dieu pour son auteur.

CHAPITRE VII.

Du Style des Écrivains et de celui des Magistrats.

Avant que la carrière des idées philosophiques excitât en France l'émulation de tous les hommes éclairés, les livres qui discutoient avec finesse des questions de littérature ou de morale, lorsqu'ils étoient écrits avec élégance et correction, obtenoient un succès du premier ordre. Il existoit, avant la révolution, plusieurs écrivains qui avoient acquis une grande réputation, sans jamais considérer les objets sous un point de vue général, et en ramenant toutes les idées morales et politiques à la littérature, au lieu de rattacher la littérature à toutes les idées morales et politiques.

Maintenant il est impossible de s'intéresser fortement à ces ouvrages, qui ne sont que spirituels, n'embrassent point les sujets qu'ils traitent dans leur ensemble, et ne les présentent jamais que par un côté, que par des détails qui ne se rallient ni aux idées premières, ni aux impressions profondes dont se compose la nature de l'homme.

Le style donc doit subir des changemens, par la révolution qui s'est opérée dans les esprits et dans les institutions; car le style ne consiste point seulement dans les formes grammaticales : il tient au fond des idées, à la nature des esprits; il n'est point une simple forme. Le style des ouvrages est comme le caractère d'un homme; ce caractère ne peut être étranger ni à ses opinions, ni à ses sentimens; il modifie tout son être.

Examinons donc quel style doit convenir à des écrivains philosophes, et chez une nation libre.

Les images, les sentimens et les idées représentent les mêmes vérités à l'homme sous trois formes différentes; mais le même enchaînement, la même conséquence subsis-

tent dans ces trois règnes de l'entendement.
Quand vous découvrez une pensée nouvelle,
il y a dans la nature une image qui sert à la
peindre, et dans le cœur un sentiment qui
correspond à cette pensée par des rapports
que la réflexion fait découvrir. Les écrivains ne portent au plus haut degré la conviction et l'enthousiasme, que lorsqu'ils
savent toucher à-la-fois ces trois cordes,
dont l'accord n'est autre chose que l'harmonie de la création.

C'est d'après la réunion plus ou moins
complette de ces moyens d'influer sur le
sentiment, l'imagination ou le jugement,
que nous pouvons apprécier le mérite des
différens auteurs. Il n'y a point de style
digne de louange, s'il ne contient au moins
deux des trois qualités qui réunies sont la
perfection de l'art d'écrire.

Les apperçus fins, les pensées subtiles
et déliées qui n'entrent point dans la grande
chaîne des vérités générales, les rapports
ingénieux, mais qui exercent l'esprit à se
séparer de l'ame, plutôt qu'à faire un avec

elle pour se fortifier l'un par l'autre, ne placent point un auteur au premier rang. Si vous détaillez trop les idées, elles échappent aux images et aux sentimens, qui rassemblent au lieu de diviser. Les combinaisons abstraites que le sentiment repousse, et qui dessèchent l'imagination, ne conviennent pas davantage à cette nature universelle dont un beau style doit représenter le sublime ensemble. Les images qui ne répandent de lumière sur aucune idée, ne sont que de bizarres fantômes ou des tableaux de simple amusement. Les sentimens qui ne réveillent dans la pensée aucune idée morale, aucune réflexion générale, sont probablement des sentimens affectés qui ne répondent à rien de vrai dans aucun genre.

Marivaux, par exemple, ne présentant jamais que le côté recherché des apperçus de l'esprit, il n'y a ni philosophie, ni tableaux frappans dans ses écrits. Les sentimens qui ne peuvent se rapporter à des idées justes, ne sont point susceptibles d'images naturelles. Les pensées qui peuvent être offertes sous le double aspect du sen-

timent et de l'imagination, sont des pensées premières dans l'ordre moral; mais les
idées trop fines n'ont point de termes de
comparaison dans la nature animée.

Dans les sciences exactes, vous n'avez
besoin que des formes abstraites; mais
dès que vous traitez tout autre sujet philosophique, il faut rester dans cette région, où
vous pouvez vous servir à-la-fois de plusieurs facultés de l'homme, la raison, l'i-
magination et le sentiment; facultés qui
toutes concourent également, par divers
moyens, au développement des mêmes vérités.

Fénélon accorde ensemble des sentimens
doux et purs avec les images qui doivent
leur appartenir; Bossuet, les pensées philosophiques avec les tableaux imposans qui
leur conviennent; Rousseau, les passions
du cœur avec les effets de la nature qui les
rappellent; Montesquieu est bien près, sur-
tout dans le dialogue d'Eucrate et de Sylla,
de réunir toutes les qualités du style, l'enchaînement des idées, la profondeur des sen-

timens et la force des images. On trouve dans ce dialogue ce que les grandes pensées ont d'autorité et d'élévation avec l'expression figurée nécessaire au développement complet de l'apperçu philosophique ; et l'on éprouve, en lisant les belles pages de Montesquieu, non l'attendrissement ou l'ivresse que l'éloquence passionnée doit faire naître, mais l'émotion que cause ce qui est admirable en tout genre, l'émotion que les étrangers ressentent lorsqu'ils entrent pour la première fois dans Saint-Pierre de Rome, et qu'ils découvrent à chaque instant une nouvelle beauté qu'absorboient, pour ainsi dire, la perfection et l'effet imposant de l'ensemble.

Mallebranche a essayé de réunir, dans ses ouvrages de métaphysique, les images aux idées ; mais comme ses idées n'étoient pas justes, on n'a pu sentir que très-imparfaitement la liaison qu'il vouloit établir entr'elles et ses images brillantes. Garat, dans ses Leçons aux Ecoles normales, modèle de perfection en ce genre, et Rivarol, malgré quelques expressions recherchées,

II.

font concevoir parfaitement la possibilité
de cette concordance entre l'image tirée de la
nature physique, et l'idée qui sert à former
la chaîne des principes et de leurs déduc-
tions dans l'ordre moral. Qui sait jusqu'où
l'on pourra porter cette puissance d'analyse,
qui, réunie à l'imagination, loin de rien
détruire, sert à tout identifier, et semblable
à la nature, concentre dans un même foyer
les élémens divers de la vie?

Cette réunion sans doute est nécessaire à
la perfection du style; mais faut-il en conclure qu'on doit bannir absolument les ouvrages de pensée qui n'ont pas d'imagination
dans le style, ou les livres d'imagination
dépourvus de pensée? Il ne faut rien ex-
clure; mais on doit convenir que les livres
philosophiques qui n'en appellent jamais ni
au sentiment, ni à l'imagination, servent
d'une manière beaucoup moins utile à la
propagation des idées, et que les ouvrages
de littérature qui ne sont point remplis
d'idées philosophiques, lorsqu'ils sont pri-
vés en même temps de cette mélancolie sensible qui retrace les grandes pensées, capti-

vent tous les jours moins le suffrage des hommes éclairés.

Un livre sur les principes du goût, sur la peinture, sur la musique, peut être un livre philosophique, s'il parle à l'homme tout entier, s'il réveille en lui les sentimens et les pensées qui agrandissent toutes les questions. Un discours sur les intérêts les plus importans de la société humaine, peut fatiguer l'esprit, s'il ne contient que des idées de circonstances, s'il ne présente que les rapports étroits des objets les plus importans, s'il ne ramène pas la pensée aux considérations générales qui l'intéressent.

Le charme du style dispense de l'effort qu'exige la conception des idées abstraites, les expressions figurées réveillent en vous tout ce qui a vie, les tableaux animés vous donnent la force de suivre des pensées d'un certain ordre. On n'a plus besoin de lutter contre les distractions, quand l'imagination qui les donne est captivée, et sert elle-même à la puissance de l'attention. Les ouvrages de littérature, s'ils ne contiennent point cette sorte d'analyse qui agrandit tous les sujets qu'elle traite, s'ils ne caractérisent pas les détails, sans perdre de vue l'ensemble ; les ouvrages de littérature, s'ils ne prouvent pas en même temps la connoissance des hommes et l'étude de la vie, paroissent, pour ainsi dire, des travaux puériles. On veut qu'un homme, dans un état libre, alors qu'il se fait remarquer par un livre, indique dans ce livre les qualités importantes que la république peut un jour réclamer d'un de ses citoyens, quel qu'il soit. Un ouvrage qui n'est pas écrit avec philosophie, classe son auteur parmi les artistes, mais non parmi les penseurs.

Depuis la révolution, on s'est jetté dans un défaut singulièrement destructeur de toutes les beautés du style; on a voulu rendre toutes les expressions abstraites, abréger toutes les phrases par des verbes nouveaux qui dépouillent le style de toute sa grace, sans lui donner même plus de précision (1). Rien n'est plus contraire au véritable

(1) Utiliser, activer, préciser, &c.

talent d'un grand écrivain. La concision ne consiste pas dans l'art de diminuer le nombre des mots, elle consiste encore moins dans la privation des images. La concision qu'il faut envier, c'est celle de Tacite, celle qui est tout-à-la-fois éloquente et énergique; et loin que les images nuisent à cette briéveté de style justement admirée, les expressions figurées sont celles qui retracent le plus de pensées avec le moins de termes.

Ce n'est pas non plus perfectionner le style, que d'inventer des mots nouveaux. Les maîtres de l'art peuvent en faire recevoir quelques-uns, lorsqu'ils les créent involontairement, et comme entraînés par l'impulsion de leur pensée ; mais il n'est point, en général, de symptôme plus sûr de la stérilité des idées, que l'invention des mots. Lorsqu'un auteur se permet un mot nouveau, le lecteur qui n'y est point accoutumé, s'arrête pour le juger ; et cette distraction nuit à l'effet général et continu du style.

Tout ce que nous avons dit sur le mau-

vais goût, peut s'appliquer également à tous
les défauts du langage employé par plusieurs écrivains depuis dix ans; cependant
il est quelques-uns de ces défauts qui tiennent plus directement à l'influence des événemens politiques. Je dois les relever en
parlant de l'éloquence. Néanmoins le style
se perfectionnera nécessairement d'une manière très - remarquable, si la philosophie
fait de nouveaux progrès.

Les principes littéraires qui peuvent s'appliquer à l'art d'écrire, ont été presque tous
développés; mais la connoissance et l'étude
du cœur humain doivent ajouter chaque jour
au tact sûr et rapide des moyens qui font effet
sur les esprits. En général, toutes les fois que
le public impartial n'est pas ému, n'est pas
entraîné, par un discours ou par un ouvrage, l'auteur a tort; mais c'est presque
toujours à ce qu'il lui manquoit comme
moraliste, qu'il faut attribuer ses fautes
comme écrivain.

Il arrive sans cesse en société, lorsqu'on
écoute des hommes ou des femmes qui ont

le dessein de faire croire à leurs vertus ou à leur sensibilité, de remarquer combien ils ont mal observé la nature, dont ils veulent imiter les signes caractéristiques. Les écrivains font sans cesse des fautes semblables, quand ils veulent développer de certaines impressions ou de certaines vérités. Sans doute il est des sujets dans lesquels l'art ne peut suppléer à ce que l'on éprouve réellement; mais il en est d'autres que l'esprit pourroit toujours traiter avec succès, si l'on avoit profondément réfléchi sur les impressions que ressentent la plupart des hommes, et sur les moyens de les faire naître.

C'est la gradation des termes, la convenance et le choix des mots, la rapidité de certaines formes, le développement de quelques motifs, le style enfin qui s'insinue dans la persuasion des hommes. Une expression qui ne change rien au fond des idées, mais dont l'application n'est pas naturelle, doit devenir l'objet principal pour la plupart des lecteurs. Une épithète trop forte peut détruire entièrement un argument vrai; la plus légère nuance déroute entiè-

rement l'imagination prête à vous suivre ;
une obscurité de rédaction que la réflexion
pénétreroit bien aisément, lasse tout-à-
coup l'intérêt que vous inspiriez ; enfin le
style exige quelques-unes des qualités nécessaires pour conduire les hommes. Il faut
connoître leurs défauts, tantôt les ménager,
tantôt les dominer ; mais se bien garder de
cet amour-propre qui, accusant une nation
plutôt que soi-même, ne veut pas prendre
l'opinion générale pour juge suprême du
talent.

Les idées en elles-mêmes sont indépen-
dantes de l'effet qu'elles produisent ; mais le
style ayant précisément pour but de faire
adopter aux hommes les idées qu'il exprime,
si l'auteur n'y réussit pas, c'est que sa péné-
tration n'a pas encore su découvrir la route
qui conduit à ces secrets de l'ame, à ces
principes du jugement dont il faut se rendre
maître pour ramener à son opinion celle
des autres.

C'est dans le style sur-tout que l'on re-
marque cette hauteur d'esprit et d'ame qui

fait reconnoître le caractère de l'homme,
dans l'écrivain. La convenance, la noblesse,
la pureté du langage ajoutent beaucoup dans
tous les pays, et particulièrement dans un
état où l'égalité politique est établie, à la
considération de ceux qui gouvernent. La
vraie dignité du langage est le meilleur
moyen de prononcer toutes les distances
morales, d'inspirer un respect qui amé-
liore celui qui l'éprouve. Le talent d'écrire
peut devenir l'une des puissances d'un état
libre.

Lorsque les premiers magistrats d'un pays
possèdent cette puissance, elle forme un lien
volontaire entre les gouvernans et les gouvernés. Sans doute les actions sont la meilleure
garantie de la moralité d'un homme : néanmoins je croirois qu'il existe un accent dans
de certaines paroles, et par conséquent un
caractère dans de certaines formes de style,
qui atteste les qualités de l'ame avec plus
de certitude encore que les actions mêmes.
Cette sorte de style n'est point un art que
l'on puisse acquérir avec de l'esprit, c'est soi,
c'est l'empreinte de soi.

Les hommes à imagination, en se trans-
portant dans le rôle d'un autre, ont pu découvrir ce qu'un autre auroit dit; mais quand
on parle en son propre nom, ce sont ses propres sentimens que l'on montre, même alors
que l'on fait des efforts pour les cacher. Il
n'existe pas un seul auteur qui ait, en parlant de lui, su donner de lui-même une
idée supérieure à la vérité : un mot, une
transition fausse, une expression exagérée
révèlent à l'esprit ce qu'on vouloit lui dérober.

Si l'homme du plus grand talent, comme
orateur, étoit accusé devant un tribunal,
il seroit impossible de ne pas juger, à sa
manière de se défendre, s'il est innocent
ou coupable. Toutes les fois que les paroles
sont appelées en témoignage, on ne peut
dénaturer dans le langage le caractère de
vérité que la nature y a gravé; ce n'est
plus un art mensonger, c'est un signe irré-
cusable ; et ce qu'on éprouve échappe, de
mille manières, dans ce qu'on dit.

L'homme vertueux seroit trop à plaindre,

s'il ne lui restoit pas quelques preuves que le méchant ne pût lui dérober, un sceau divin que ses pareils ne dussent jamais méconnoître. L'expression calme d'un sentiment élevé, l'énonciation claire d'un fait, ce style de la raison qui ne convient qu'à la vertu, l'esprit ne peut le feindre : non-seulement ce langage est le résultat des sentimens honnêtes, mais il les inspire encore avec plus de force.

La beauté noble et simple de certaines paroles en impose même à celui qui les prononce ; et parmi les douleurs attachées à l'avilissement de soi-même, il faudroit compter aussi la perte de ce langage qui cause à l'homme digne de s'en servir l'exaltation la plus pure et la plus douce émotion.

Ce style de l'ame, si je puis m'exprimer ainsi, est un des premiers moyens de l'autorité dans un gouvernement libre. Ce style provient d'une telle suite de sentimens en accord avec les vœux de tous les hommes honnêtes, d'une telle confiance et d'un tel respect pour l'opinion publique, qu'il est la preuve de beaucoup de bonheur précédent, et la garantie de beaucoup de bonheur à venir.

Quand un Américain, en annonçant la mort de Washington, disoit : *Il a plu à la divine providence de retirer du milieu de nous cet homme, le premier dans la guerre, le premier dans la paix, le premier dans les affections de son pays,* que de pensées, que de sentimens étoient rappelés par ces expressions ! Ce retour vers la providence ne nous indique-t-il pas qu'aucun ridicule n'est jeté dans ce pays éclairé, ni sur les idées religieuses, ni sur les regrets exprimés avec l'attendrissement du cœur. Cet éloge si simple d'un grand homme, cette gradation qui donne pour dernier terme de la gloire *les affections de son pays,* fait éprouver à l'ame la plus profonde émotion.

Que de vertus, en effet, l'amour d'une nation libre pour son premier magistrat ne suppose-t-il pas ! l'amour constant pour une réputation de près de vingt années, pour un homme qui, redevenu par son choix

simple particulier, a traversé le pouvoir
dans le voyage de la vie, comme une route
qui conduisoit à la retraite, à la retraite
honorée par les plus nobles et les plus doux
souvenirs !

Jamais dans nos crises révolutionnaires,
jamais aucun homme n'auroit parlé cette
langue dont j'ai cité quelques mots remarquables ; mais dans tout ce qui nous est
parvenu des rapports qui ont existé par
écrit entre les magistrats d'Amérique et les
citoyens, l'on retrouve ce style vrai, noble
et pur dont la conscience de l'honnête
homme est le génie inspirateur.

J'oserai dire que mon père est le premier,
et jusqu'à présent le plus parfait modèle de
l'art d'écrire, pour les hommes publics, de
ce talent d'en appeler à l'opinion, de s'aider
de son secours pour soutenir le gouvernement, de ranimer dans le cœur des hommes
les principes de la morale, puissance dont
les magistrats doivent se regarder comme
les représentans, puissance, qui leur donne
seule le droit de demander à la nation

des sacrifices ! Malgré nos pertes en tout
genre, il existe un progrès sensible depuis
M. Necker, dans la langue dont se servent
les chefs de plusieurs gouvernemens. Ils
sont entrés en discussion avec la raison,
quelquefois même avec le sentiment; mais
alors ils ont été, ce me semble, inférieurs
à cette éloquence persuasive, dans laquelle
aucun homme n'a, jusqu'à présent, encore
égalé M. Necker.

Les gouvernemens libres sont appelés
sans cesse, par la forme même de leurs institutions, à développer et à commenter les
motifs de leurs résolutions. Lorsque, dans
les momens de péril, les magistrats n'adres-
soient aux Français que les phrases banales,
l'éloquence usitée par les partis entr'eux, ils
n'agissoient en rien sur l'opinion. L'esprit
public s'affoiblissoit à chaque inutile effort
qu'on tentoit pour le relever; on sollicitoit
l'enthousiasme, et l'enthousiasme étoit plus
que jamais loin de renaître, par cela même
qu'on l'avoit en vain évoqué.

Quand une fois la puissance de la parole

est admise dans les intérêts politiques, elle
devient de la plus haute importance. Dans les
états où la loi despotique frappe silencieu-
sement sur les têtes, la considération appartient précisément à ce silence, qui laisse
tout supposer au gré de la crainte ou de
l'espoir ; mais quand le gouvernement entre
avec la nation dans l'examen de ses intérêts,
la noblesse et la simplicité des expressions
qu'il emploie, peuvent seules lui valoir la
confiance nationale.

Les plus grands hommes connus n'ont
pas tous assurément été distingués comme
écrivains ; mais il en est très-peu qui n'aient
exercé l'empire de la parole. Tous les beaux
discours, tous les mots célèbres des héros de
l'antiquité, sont les modèles des grandes qualités du style : ce sont ces expressions inspirées par le génie ou la vertu que le talent
s'efforce de recueillir ou d'imiter. Le laco-
nisme des Spartiates, les mots énergiques
de Phocion, réunissoient autant, et souvent
mieux que les discours les plus soutenus, les
attributs nécessaires à la puissance du langage ; cette manière de s'exprimer agissoit

sur l'imagination du peuple, caractérisoit
les motifs des actions du gouvernement, et
faisoit connoître avec force les sentimens
des magistrats.

Tels sont les principaux secours que
l'autorité politique peut retirer de l'art de
parler aux hommes; tels sont les avantages
qu'assure à l'ordre, à la morale, à l'esprit
public, le style mesuré, solemnel et quelquefois touchant des hommes qui sont appelés à gouverner l'état. Mais ce n'est-là qu'une
partie encore de la puissance du langage; et
les bornes de la carrière que nous parcourons vont reculer au loin devant nous,
nous allons voir cette puissance s'élever à
un bien plus haut degré, si nous la considérons lorsqu'elle défend la liberté, lorsqu'elle
protège l'innocence, lorsqu'elle lutte contre
l'oppression; si nous l'examinons, en un
mot, sous le rapport de l'éloquence.

CHAPITRE VIII.

De l'Éloquence.

DANS les pays libres, la volonté des nations décidant de leur destinée politique, les hommes recherchent et acquièrent au plus haut degré les moyens d'influer sur cette volonté; et le premier de tous, c'est l'éloquence. Les efforts s'accroissent toujours en proportion de la récompense ; et lorsque la nature du gouvernement promet à l'homme de génie la puissance et la gloire, les vainqueurs dignes de remporter un tel prix, ne tardent point à se présenter. L'émulation développe les talens, qui seroient demeurés inconnus, dans les états où l'on ne pourroit offrir à une ame fière aucun but qui fût digne d'elle.

Examinons cependant pourquoi, depuis les premières années de la révolution, l'éloquence s'altère et se détériore en France, au lieu de suivre les progrès naturels aux

assemblées délibérantes ; examinons comment elle pourroit renaître et se perfectionner, et terminons par un apperçu général
sur l'utilité dont elle est aux progrès de
l'esprit humain et au maintien de la liberté.

La force dans les discours ne peut être
séparée de la mesure. Si tout est permis,
rien ne peut produire un grand effet. Ménager les convenances morales, c'est respecter les talens, les services et les vertus ;
c'est honorer dans chaque homme les droits
que sa vie lui donne à l'estime publique. Si
vous confondez par une égalité grossière et
jalouse ce que distingue l'inégalité naturelle,
votre état social ressemble à la mêlée d'un
combat, dans lequel l'on n'entend plus que
des cris de guerre ou de fureur. Quels
moyens reste-t-il alors à l'éloquence pour
frapper les esprits par des pensées ou des
expressions heureuses, par le contraste du
vice et de la vertu, par la louange ou par
le blâme distribués avec justice ? Dans ce
chaos de sentimens et d'idées qui a existé
pendant quelque temps en France, aucun

orateur ne pouvoit flatter par son estime,
ni flétrir par son mépris ; aucun homme ne
pouvoit être honoré ni dégradé.

Dans un tel état de choses , comment
tomber ? comment s'élever ? A quoi sert-il
d'accuser ou de défendre ? où est le tribunal
qui peut absoudre ou condamner ? Qu'y
a-t-il d'impossible ? qu'y a-t-il de certain ?
Si vous êtes audacieux, qui étonnerez-vous ?
si vous vous taisez, qui le remarquera ?
Où est la dignité, si rien n'est à sa place ?
Quelles difficultés a-t-on à vaincre, s'il
n'existe aucune barrière ? mais aussi quels
monumens peut-on fonder , si l'on n'a point
de base ? On peut parcourir en tout sens
l'injure et l'éloge, sans faire naître l'enthousiasme ni la haine. On ne sait plus ce qui
doit fixer l'appréciation des hommes ; les
calomnies commandées par l'esprit de parti,
les louanges inspirées par la terreur ont
tout révoqué en doute , et la parole errante
frappe l'air sans but et sans effet.

Quand Cicéron voulut défendre Murena
contre l'autorité de Caton , il fut éloquent,

parce qu'il sut à-la-fois honorer et combattre
la réputation d'un homme tel que Caton.
Mais dans nos assemblées, où toutes les in-
vectives étoient admises contre tous les caractères, qui auroit saisi la nuance délicate
des expressions de Cicéron? à qui viendroit-
il dans l'esprit de s'imposer une contrainte
inutile, puisque personne n'en compren-
droit le motif et n'en recevroit l'impression? Une voix de Stentor criant à la tri-
bune: *Caton est un contre-révolutionnaire,
un stipendié de nos ennemis; et je demande
que la mort de ce grand coupable satisfasse
enfin la justice nationale,* feroit oublier
l'éloquence de Cicéron.

Dans un pays où l'on anéantit tout l'ascendant des idées morales, la crainte de la
mort peut seule remuer les ames. La parole
conserve encore la puissance d'une arme
meurtrière; mais elle n'a plus de force in-
tellectuelle. On s'en détourne, on en a peur
comme d'un danger, mais non comme d'une
insulte; elle n'atteint plus la réputation de
personne. Cette foule d'écrivains calomniateurs émoussent jusqu'au ressentiment qu'ils

inspirent; ils ôtent successivement à tous les mots dont ils se servent, leur puissance naturelle. Une ame délicate éprouve une sorte de dégoût pour la langue dont les expressions se trouvent dans les écrits de pareils hommes. Le mépris des convenances prive l'éloquence de tous les effets qui tiennent à la sagesse de l'esprit et à la connoissance des hommes, et le raisonnement ne peut exercer aucun empire dans un pays où l'on dédaigne jusqu'à l'apparence même du respect pour la vérité?

A plusieurs époques de notre révolution, les sophismes les plus révoltans remplissoient seuls de certains discours; les phrases de parti, que répétoient à l'envi de certains orateurs, fatiguoient les oreilles et flétrissoient les cœurs. Il n'y a de variété que dans la nature; les sentimens vrais inspirent seuls des idées neuves. Quel effet pouvoit produire cette violence monotone, ces termes si forts, qui laissoient l'ame si froide? *Il est temps de vous révéler la vérité toute entière. La nation étoit ensevelie dans un som-*

*meil pire que la mort ; mais la représentation
nationale étoit là. Le peuple est debout,* &c.
Ou dans un autre sens : *Le temps des abstractions est passé ; l'ordre social est raffermi sur
ses bases ,* &c. Je m'arrête ; car cette imitation deviendroit aussi fatigante que la réalité même : mais on pourroit extraire des
adresses , des journaux et des discours , des
pages nombreuses, dans lesquelles on ver-
roit la parole marcher sans la pensée, sans
le sentiment, sans la vérité, comme une
espèce de litanie, comme si l'on exorcisoit
avec des phrases convenues l'éloquence et
la raison.

Quel talent pouvoit s'élever à travers
tant de mots absurdes, insignifians, exagé-
rés ou faux, ampoulés ou grossiers ? Comment arriver à l'ame endurcie contre les
paroles par tant d'expressions mensongères ?
comment convaincre la raison fatiguée par
l'erreur, et devenue soupçonneuse par les
sophismes ? Les individus des mêmes partis , liés entr'eux par des intérêts d'une importante solidarité, se sont accoutumés en
France à ne regarder les discours que comme

le mot d'ordre qui doit rallier des soldats servant dans la même cause.

L'esprit seroit moins faussé, l'éloquence
ne seroit point perdue, si l'on s'étoit con-
tenté de commander, dans les délibérations
comme à la guerre, par le simple signe de la
volonté. Mais en France, la force, en recou-
rant à la terreur, a voulu cependant y joindre encore une espèce d'argumentation ; et
la vanité de l'esprit s'unissant à la véhémence du caractère, s'est empressée de
justifier, par des discours, les doctrines les
plus absurdes et les actions les plus injustes.
A qui ces discours étoient-ils destinés ? Ce
n'étoit pas aux victimes ; il étoit difficile de
les convaincre de l'utilité de leur malheur :
ce n'étoit pas aux tyrans ; ils ne se décidoient
par aucun des argumens dont ils se servoient eux-mêmes : ce n'étoit pas à la postérité ; son inflexible jugement est celui de la
nature des choses. Mais on vouloit s'aider
du fanatisme politique, et mêler dans quelques têtes ce que certains principes ont de
vrai, avec les conséquences iniques et féroces que les passions savoient en tirer.

Ainsi l'on créoit un despotisme raison-
neur, mortellement fatal à l'empire des lumières.

Le son pur de la vérité qui fait éprouver
à l'ame un sentiment si doux et si exalté,
ces expressions justes et nobles d'un cœur
content de lui, d'un esprit de bonne-foi,
d'un caractère sans reproches, on ne savoit
à quels hommes, à quelles opinions les adresser, sous quelle voûte les faire entendre;
et la fierté naturelle à la franchise, portoit au silence bien plutôt qu'à d'inutiles
efforts.

La première des vérités, la morale, est
aussi la source la plus féconde de l'éloquence; mais lorsqu'une philosophie licen-
cieuse se plaît à tout rabaisser pour tout
confondre, quelle vertu votre voix peut-
elle encore honorer? que rendrez-vous
éclatant dans ces ténèbres? que ferez-vous
sortir de cette poussière? comment donne-
rez-vous de l'enthousiasme aux hommes
qui ne craignent ni n'espèrent rien de la renommée, et ne reconnoissent plus entr'eux

les mêmes principes pour juges des mêmes actions ?

La morale est inépuisable en sentimens, en idées heureuses pour l'homme de génie qui sait s'en pénétrer ; c'est avec cet appui qu'il se sent fort, et s'abandonne sans crainte à son inspiration. Ce que les anciens appeloient l'esprit divin, c'étoit sans doute la conscience de la vertu dans l'ame du juste, la puissance de la vérité réunie à l'éloquence du talent. Mais de nos jours tant d'hommes craignoient de se livrer à la morale, de peur de la trouver accusatrice de leur propre vie ! tant d'hommes n'admettoient aucune idée générale, avant de l'avoir comparée avec leurs actions et leurs intérêts particuliers ! d'autres, sans inquiétudes sur eux-mêmes, mais ne voulant point blesser les souvenirs de quelques-uns de leurs auditeurs, n'osoient parler avec enthousiasme de la justice et de l'équité ; ils essayoient de présenter la morale avec détour, de lui donner la forme de l'utilité politique, de voiler les principes, de transiger à-la fois avec l'orgueil et les remords qui s'avertissent mutuellement de leurs irritables intérêts.

Le crime pouvoit troubler le jugement, dérouter la raison à force de véhémence; mais la vertu n'osoit se développer toute entière : elle vouloit convaincre, et craignoit d'offenser. On ne peut être éloquent dès qu'il faut s'abstenir de la vérité. De certaines barrières respectables servent, comme je l'ai dit, aux succès mêmes de l'éloquence; mais lorsque, par condescendance pour l'injustice ou l'égoïsme, l'on est obligé de réprimer les mouvemens d'une ame élevée, lorsque c'est non-seulement les faits et leur application qu'il faut éviter, mais jusqu'aux considérations générales qui pourroient offrir à la pensée tout l'ensemble des idées vraies, toute l'énergie des sentimens honnêtes, aucun homme soumis à de telles contraintes ne peut être éloquent, et l'orateur encore estimable, qui doit parler dans de telles circonstances, choisira naturellement les phrases usées, celles sur lesquelles l'expérience des passions a été déjà faite, celles qui, reconnues inoffensives, passent à travers toutes les fureurs sans les exciter.

Les factions servent au développement de l'éloquence, tant que les factieux ont besoin de l'opinion des hommes impartiaux, tant qu'ils se disputent entr'eux l'assentiment volontaire de la nation ; mais quand les mouvemens politiques sont arrivés à ce terme où la force seule décide entre les partis, ce qu'ils y adjoignent de moyens de paroles, de ressources de discussion, perd l'éloquence et dégrade l'esprit au lieu de le développer. Parler dans le sens du pouvoir injuste, c'est s'imposer la servitude la plus détaillée. Il faut soutenir chaque absurdité dont est formée la longue chaîne qui conduit à la résolution coupable ; et le caractère resteroit, s'il est possible, plus intact encore après des actions blâmables que la colère auroit inspirées, qu'après ces discours dans lesquels la bassesse ou la cruauté se distillent goutte à goutte avec une sorte d'art que l'on s'efforce de rendre ingénieux.

Quelle honte cependant que de montrer

de l'esprit à l'appui des actes de rigueur ou de servitude ! quelle honte d'avoir encore de l'amour-propre quand on n'a plus de fierté ! de penser à ses succès quand on sacrifie le bonheur des autres ! de mettre enfin au service du pouvoir injuste cette sorte de talent sans conscience, qui prête aux hommes puissans les idées et les expressions comme des satellites de la force, chargés de faire faire place en avant de l'autorité !

Personne ne contestera que l'éloquence ne soit tout-à-fait dénaturée en France depuis plusieurs années ; mais beaucoup affirmeront qu'il est impossible qu'elle renaisse et se perfectionne. D'autres prétendront que le talent oratoire est nuisible au repos, à la liberté même d'un pays. Ce sont ces deux erreurs que je crois utile de réfuter.

Dans quel espoir desirez-vous, pourroit-on me dire, que des hommes éloquens se fassent entendre ? L'éloquence ne peut se composer que d'idées morales et de sentimens vertueux : et dans quels cœurs retentiroient maintenant des paroles généreuses ? Après dix ans de révolution, qui s'émeut encore pour la vertu, la délicatesse, ou même la bonté ? Cicéron, Démosthènes, les plus grands orateurs de l'antiquité, s'ils existoient de nos jours, pourroient-ils agiter l'imperturbable sang-froid du vice ? feroient-ils baisser ces regards que la présence d'un honnête homme ne trouble plus ? Dites à ces tranquilles possesseurs des jouissances de la vie, que leurs intérêts sont menacés, et vous inquiéterez leur ame impassible ; mais que leur apprendroit l'éloquence ? Elle invoqueroit contre eux le mépris de la vertu ; et depuis long-temps ne savent-ils pas que chacun de leurs jours en est couvert ? Vous' adresserez-vous aux hommes avides d'acquérir de la fortune, nouveaux qu'ils sont aux habitudes comme aux jouissances qu'elle permet ? Si vous leur inspiriez un instant de nobles desseins, le courage leur manqueroit pour les accomplir. N'ont-ils pas à rougir de leur déplorable vie ? Il est sans force, l'homme à qui l'on peut reprocher des bassesses : ne craint-il pas toutes les voix qui peuvent l'accuser ?

Ne craint-il pas la justice, la liberté, la morale, tout ce qui rend à l'opinion sa force
et à la vérité son rang? Voulez-vous du
moins faire entendre aux caractères haineux
quelques paroles de bienveillance? Vous
serez également repoussés. Si vous parlez
au nom de la puissance, ils vous écouteront
avec respect, quel que soit votre langage;
mais si vous réclamez pour le foible, si
votre nature généreuse, si l'instinct même
de l'éloquence vous fait préférer la cause
délaissée par la faveur et recueillie par l'humanité, vous n'exciterez que le ressentiment de la faction dominante. Vous vivez
dans un temps où l'on est indigné contre le
malheur, irrité contre l'opprimé, où la colère s'enflamme à l'aspect du vaincu, où l'on
s'attendrit, où l'on s'exalte pour le pouvoir,
dès qu'on entre en partage avec lui.

Que fera l'éloquence au milieu de tels
sentimens, l'éloquence à laquelle il faut,
pour être touchante et sublime, un péril à
braver, un malheureux à défendre, et la
gloire pour prix du courage? En appellera-
t-elle à la nation? Hélas! cette nation mal-

heureuse n'a-t-elle pas entendu prodiguer les noms de toutes les vertus pour défendre tous les crimes ? Pourra-t-elle encore reconnoître l'accent de la vérité ? Les meilleurs citoyens reposent dans la tombe, et la multitude qui reste ne vit plus ni pour l'enthousiasme, ni pour la gloire, ni pour la morale ; elle vit pour le repos que troubleroient presque également et les fureurs du crime, et les généreux élans de la vertu.

Ces objections pourroient décourager pendant quelque temps mon espérance ; néanmoins il me paroît impossible que tout ce qui est bien en soi n'acquière pas à la fin un grand ascendant, et je crois toujours que ce sont les orateurs ou les écrivains qu'il faut accuser, lorsque des discours prononcés au milieu d'un très-grand nombre d'hommes, ou des livres qui ont le public entier pour juge, ne produisent aucun effet.

Sans doute quand vous vous adressez à quelques individus réunis par le lien d'un intérêt commun, ou d'une crainte commune, aucun talent ne peut agir sur eux ;

ils ont depuis long-temps tari dans leurs
cœurs la source naturelle qui peut sortir du
rocher même à la voix d'un prophête divin;
mais quand vous êtes entourés d'une multitude qui contient tous les élémens divers, les
hommes impartiaux, les hommes sensibles,
les hommes foibles qui se rassurent à côté
des hommes forts, si vous parlez à la nature humaine, elle vous répondra; si vous
savez donner cette commotion électrique
dont l'être moral contient aussi le principe, ne craignez plus ni le sang-froid de
l'insouciant, ni la moquerie du perfide, ni
le calcul de l'égoïste, ni l'amour-propre de
l'envieux; toute cette multitude est à vous.
Echappe-t-elle aux beautés de l'art tragique, aux sons divins d'une musique céleste,
à l'enthousiasme des chants guerriers? pourquoi donc se refuseroit-elle à l'éloquence?
L'ame a besoin d'exaltation; saisissez ce
penchant, enflammez ce désir, et vous en-
leverez l'opinion.

Quand on se rappelle les visages froids
et composés que l'on rencontre dans le
monde, j'en conviens, on croit impossible

de remuer les cœurs; mais la plupart des
hommes que l'on connoît sont engagés par
leurs actions passées, par leurs intérêts,
par leurs relations politiques. Jetez les yeux
sur une foule nombreuse; combien ne vous
arrive-t-il pas de rencontrer des traits dont
l'expression amie, dont la douceur, dont la
bonté vous présagent une ame encore inconnue, qui entendroit la vôtre, et céderoit
à vos sentimens! Eh bien! cette foule vous
représente la véritable nation. Oubliez ce
que vous savez, ce que vous redoutez de
tels ou tels hommes; livrez-vous à vos pensées, à vos émotions; voguez à pleines voiles,
et malgré tous les écueils, tous les obstacles,
vous arriverez; vous entraînerez avec vous
toutes les affections libres, tous les esprits
qui n'ont reçu ni l'empreinte d'aucun joug,
ni le prix de la servitude.

Mais par quels moyens peut-on se flatter
de perfectionner l'éloquence, s'il est vrai
que l'on puisse encore en espérer quelques
succès? L'éloquence appartenant plus aux
sentimens qu'aux idées, paroît moins susceptible que la philosophie de progrès indé-

finis. Cependant, comme les pensées nouvelles développent de nouveaux sentimens, les progrès de la philosophie doivent fournir à l'éloquence de nouveaux
moyens.

Les idées intermédiaires peuvent être
tracées d'une manière plus rapide, lorsque
l'enchaînement d'un très-grand nombre de
vérités est généralement connu ; l'intervalle des morceaux de mouvemens peut
être rempli par des raisonnemens forts,
l'esprit peut être constamment soutenu dans
la région des pensées hautes ; et l'on peut
l'intéresser par des réflexions morales, uni-
versellement comprises, sans être devenues
communes. Ce qui est sublime dans quelques
discours anciens, ce sont les mots que l'on
ne peut ni prévoir, ni oublier, et qui lais-
sent trace dans les siècles, comme de belles
actions. Mais si la méthode et la précision
du raisonnement, le style, les idées accessoires sont susceptibles de perfectionnement, les discours des modernes peuvent
acquérir, par leur ensemble, une grande
supériorité sur les modèles de l'antiquité;

et ce qui appartient à l'imagination même,
produiroit nécessairement plus d'effet, si
rien n'affoiblissoit cet effet, et si tout servoit au contraire à l'accroître.

Dans ce qui caractérise l'éloquence, le
mouvement qui l'inspire, le génie qui la
développe, il faut une grande indépendance,
au moins momentanée, de tout ce qui nous
environne ; il faut s'élever au-dessus du
danger, s'il existe, de l'opinion que l'on
attaque, des hommes que l'on combat, de
tout, hors sa conscience et la postérité. Les
pensées philosophiques vous placent naturellement à cette élévation où l'expression
de la vérité devient si facile, où l'image, où
la parole énergique qui peut la peindre se
présentent aisément à l'esprit animé du feu
le plus pur.

Cette élévation n'ôte rien à la vivacité
des sentimens, à cette ardeur si nécessaire
à l'éloquence, à cette ardeur qui seule lui
donne un accent, une énergie irrésistibles, un caractère de domination que les
hommes reconnoissent souvent malgré eux,

que souvent ils contestent, mais dont ils ne
peuvent jamais se défendre.

Si vous supposez un homme que la réflexion ait rendu tout-à-fait insensible
aux événemens qui l'environnent, un caractère semblable à celui d'Epictète ; son
style, s'il écrit, ne sera point éloquent ; mais
lorsque l'esprit philosophique règne dans
la classe éclairée de la société, il s'unit aux
passions les plus véhémentes ; il n'est pas
le résultat du travail de chaque homme
sur lui-même ; il est une opinion établie
dès l'enfance, une opinion qui, se mêlant
à tous les sentimens de la nature, ne refroidit point les ames, en agrandissant les
idées. Un très-petit nombre d'hommes se
vouoit, chez les anciens, à cette morale
stoïcienne qui réprimoit tous les mouvemens du cœur ; la philosophie des modernes n'est qu'une manière de considérer
tous les objets de la vie, cette manière de
voir étant adoptée par les hommes éclairés, influe principalement sur la teinte générale des idées, elle ne triomphe pas des

affections, mais jette de la mélancolie dans l'amour, dans l'ambition, dans la gloire, dans tous les intérêts animés que les hommes ne cessent point de poursuivre, et dont leur raison peut être souvent détrompée, quoique leur imagination en soit encore occupée vivement.

Ce sentiment de mélancolie que chaque siècle doit développer de plus en plus dans le cœur humain, peut donner à l'éloquence un très-grand caractère. L'homme le plus ardent pour ce qu'il souhaite, lorsqu'il est doué d'un génie supérieur, se sent au dessus du but quelconque qu'il poursuit ; et cette idée vague et sombre revêt les expressions d'une couleur qui peut être à-la-fois imposante et sensible.

Si les vérités morales parviennent un jour à la démonstration, et que la langue qui doit les exprimer arrive presque à la précision mathématique, que deviendra l'éloquence ? tout ce qui tient à la vertu dérivant d'une autre source, ayant un autre principe que le raisonnement, l'éloquence régnera toujours dans l'empire qu'elle doit posséder. Elle ne s'exercera plus sur tout ce qui a rapport aux sciences politiques et métaphysiques, sur toutes les idées abstraites de quelque nature qu'elles soient; mais elle n'en sera que plus honorée, car on ne pourra plus la présenter comme dangereuse si elle se concentre dans son foyer naturel, dans la puissance des sentimens sur notre ame.

Il s'établit depuis quelque temps un système absurde relativement à l'éloquence; frappé de tous les abus qu'on a faits de la parole depuis la révolution, on déclame contre l'éloquence, on veut prémunir contre ce danger qui, certes, n'est pas encore imminent; et comme si la nation française étoit condamnée à parcourir sans cesse tout le cercle des idées fausses, parce que des hommes ont soutenu violemment et souvent même grossièrement de très-injustes causes, on ne veut plus que des esprits droits appellent les sentimens au secours des idées justes.

Je crois au contraire qu'on pourroit soutenir que tout ce qui est éloquent est vrai ; c'est-à-dire, que dans un plaidoyer en faveur d'une mauvaise cause, ce qui est faux, c'est le raisonnement ; mais que l'éloquence proprement dite est toujours fondée sur une vérité ; il est facile ensuite de dévier dans l'application, ou dans les conséquences de cette vérité ; mais c'est alors dans le raisonnement que consiste l'erreur. L'éloquence ayant toujours besoin du mouvement de l'ame, ne s'adresse qu'aux sentimens des hommes, et les sentimens de la multitude sont toujours pour la vertu. Il est souvent arrivé de séduire un individu, en lui parlant seul, par des motifs malhonnêtes ; mais l'homme en présence des hommes, ne cède qu'à ce qu'il peut avouer sans rougir.

Le fanatisme de la religion ou de la politique a fait commettre d'horribles excès, en remuant les assemblées par des paroles incendiaires ; mais c'est la fausseté du raisonnement et non le mouvement de l'ame qui rendoit ces paroles funestes.

Ce qui est éloquent dans le fanatisme de la religion, ce sont les sentimens qui conseillent le sacrifice de soi-même pour ce qui est bien, pour ce qui peut plaire à l'être bienfaisant, protecteur de cet Univers; mais ce qui est faux, c'est le raisonnement qui vous persuade qu'il est bien d'assassiner ceux qui diffèrent de vos opinions, et qu'une intelligence d'une vertu suprême exige de tels attentats.

Ce qui est vrai dans le fanatisme politique, c'est l'amour de son pays, de la liberté, de la justice, égale pour tous les hommes, comme la providence éternelle; mais ce qui est faux, c'est le raisonnement qui justifie tous les crimes pour arriver au but que l'on croit utile.

Examinez tous les sujets de discussion parmi les hommes, tous les discours célèbres qui ont fait partie de ces discussions, et vous verrez que l'éloquence se fondoit toujours sur ce qu'il y avoit de vrai dans la question, et que le raisonnement seul la dénaturoit, parce que le sentiment ne peut errer en lui-même, et que les conséquences que l'argumentation tire du sentiment sont les seules erreurs possibles. Ces erreurs subsisteront tant que la langue de la logique ne sera pas développée de la manière la plus évidente, et mise à la portée du plus grand nombre.

Il est encore, je le sais, beaucoup d'argumens qu'on pourroit essayer de diriger contre l'éloquence. Néanmoins il en est d'elle comme de tous les biens que peut comporter notre destinée : ils ont tous des inconvéniens, que l'on fait ressortir seuls si le vent de la faction souffle dans ce sens; mais en se livrant ainsi à l'examen des choses, quel don de la nature paroîtroit exempt de maux ? L'imperfection humaine laisse toujours un côté sans défense; et la raison n'a d'autre usage que de nous décider pour la majorité des biens contre telle ou telle objection partielle.

Le raisonnement dans ses formes didactiques ne suffit point pour défendre la liberté

dans toutes les circonstances ; lorsqu'il faut
braver un danger quelconque pour prendre une résolution généreuse, l'éloquence
est seule assez puissante pour donner l'impulsion nécessaire dans les grands périls.
Un très-petit nombre de caractères vraiment distingués pourroit se décider dans le
calme de la retraite par le seul sentiment de
la vertu ; mais lorsqu'il faut du courage
pour accomplir un devoir, la plupart des
hommes, même bons, ne se confient à leur
force que quand leur ame est émue, et n'oublient leurs intérêts que quand leur sang est
agité. L'éloquence tient lieu de la musique
guerrière ; elle précipite les ames contre le
danger. Les assemblées ont alors le courage
et les vertus de l'homme le plus distingué
qui est dans leur sein. Ce n'est que par l'éloquence que les vertus d'un seul deviennent
communes à tous ceux qui l'entourent. Si
vous interdisiez l'éloquence, une réunion
d'hommes seroit toujours conduite par les
sentimens les plus vulgaires. Car dans l'état
habituel ces sentimens sont ceux du plus
grand nombre, et c'est au talent de la parole
que l'on a dû toutes les résolutions nobles et

intrépides que les hommes rassemblés ont jamais adoptées.

Si vous interdisiez l'éloquence, vous détruiriez la gloire; il faut que l'on puisse s'abandonner à l'expression de l'enthousiasme pour faire naître ce sentiment dans les autres; il faut que tout soit libre pour que la louange le soit, pour qu'elle ait ce caractère qui commande à la raison et à la postérité.

Enfin, quand on persisteroit à croire l'éloquence dangereuse, que l'on réfléchisse un moment sur tout ce qu'il faut faire pour l'étouffer; et l'on verra qu'il en est d'elle comme des lumières, comme de la liberté, comme de tous les grands développemens de l'esprit humain. Il se peut que des malheurs soient attachés à ces avantages; mais pour se préserver de ces malheurs, il faut anéantir tout ce qu'il y a d'utile, de grand et de généreux dans l'exercice des facultés morales. C'est la dernière pensée que je me propose de développer en terminant cet ouvrage.

CHAPITRE IX et dernier.

Conclusion.

La perfectibilité de l'espèce humaine est devenue l'objet des sourires indulgens et moqueurs de tous ceux qui regardent de certaines occupations intellectuelles comme une sorte d'imbécillité de l'esprit, et ne considèrent que les facultés qui s'appliquent instantanément aux intérêts de la vie. Ce système de perfectibilité est aussi combattu par quelques penseurs ; mais il a sur-tout contre lui dans ce moment en France, ces sentimens irréfléchis, ces affections passionnées qui confondent ensemble les idées les plus contraires, et servent merveilleusement les hommes criminels, en leur supposant des prétextes honorables. Lorsqu'on accuse la philosophie des forfaits de la révolution, on rattache d'indignes actions à de grandes pensées, dont le procès est encore pendant devant les siècles. Il vaudroit

mieux approfondir l'abîme qui sépare le
vice de la vertu, réunir l'amour des lumières à celui de la morale, attirer à elle
tout ce qu'il y a d'élevé parmi les hommes,
afin de livrer le crime à tous les genres de
honte, d'ignorance et d'avilissement ; mais
quelle que soit l'opinion qu'on ait adoptée sur
ces conquêtes du temps, sur cet empire indéfini de la raison, il me semble qu'il est
un argument qui convient également à toutes
les manières de voir. L'on dit que les lumières et tout ce qui dérive d'elles, l'éloquence, la liberté politique, l'indépendance
des opinions religieuses troublent le repos
et le bonheur de l'espèce humaine. Mais que
l'on réfléchisse sur les moyens qu'il faut employer pour arrêter la tendance des hommes
vers les lumières ! Que l'on se demande comment empêcher ce mal, si c'en est un, à
moins de recourir à des moyens affreux en
eux-mêmes, et définitivement infructueux !

J'ai tenté de montrer avec quelle force la
raison philosophique, malgré tous les obstacles, après tous les malheurs, a toujours su se
frayer une route et s'est développée successi-

vement dans tous les pays, dès qu'une tolérance quelconque, quelque modifiée qu'elle
pût être, a permis à l'homme de penser.
Comment donc forcer l'esprit humain à rétrograder, et lors même qu'on auroit obtenu
ce triste succès, comment prévenir toutes
les circonstances qui pourroient lui donner
une impulsion nouvelle? On désire d'abord,
et les rois mêmes sont de cet avis, que la
littérature et les arts fassent des progrès. Or
ces progrès tiennent nécessairement à toutes
les pensées qui doivent mener la réflexion
beaucoup au-delà des sujets qui l'ont fait
naître. Dès que les ouvrages de littérature
ont pour but de remuer l'ame, ils appro-
chent nécessairement des idées philosophiques, et les idées philosophiques conduisent
à toutes les vérités. Quand l'on imiteroit
l'inquisition d'Espagne et le despotisme de
Russie, il faudroit encore être assuré que
dans aucun pays de l'Europe, il ne s'établira
d'autres institutions; car les simples rapports de commerce, quand même on inter-
diroit les autres, finiroient par communiquer à un pays les lumières des pays voisins.

Les sciences physiques ayant pour but une utilité immédiate, aucun gouvernement ne veut ni ne peut les interdire; et comment l'étude de la nature ne banniroit-elle pas la croyance de certains dogmes? comment l'indépendance religieuse ne conduiroit-elle pas au libre examen de toutes les autorités de la terre? On peut, dira-t-on, réprimer les excès sans entraver la raison. Qui réprimera ces excès? — le gouvernement. — Peut-il jamais être considéré comme une puissance impartiale? et les bornes qu'il voudra poser aux recherches de la pensée ne seront-elles pas précisément celles que les esprits ardens voudront franchir?

Si vous portez une nation vers les amusemens et les voluptés, si vous énervez en elle toutes les qualités fortes et courageuses pour la détourner de la pensée, qui vous défendra contre des voisins belliqueux? Si vous échappez à la conquête, tous les vices néanmoins s'introduiront chez vous, parce qu'il n'existera plus parmi les hommes que le seul intérêt du plaisir,

et par conséquent de la fortune. Or, parmi
les mobiles d'action, il n'en est point qui
avilisse et déprave davantage. Si vous inspirez à tous l'amour de la guerre, peut-
être ferez-vous renaître le mépris de la
pensée; mais tous les maux de la féodalité
pèseront sur vous. Il y a plus, la passion
des armes trompera bientôt votre espoir.
Dès que vous donnez à l'ame une impulsion forte, vous ne pouvez arrêter son
essor. La valeur guerrière, cette qualité
qui produit toujours un enthousiasme nouveau; cette qualité qui réunit tout ce qui
peut frapper l'imagination, enivrer l'ame,
la valeur guerrière que vous appelez à
l'aide du despotisme, inspire l'éloquence,
et l'éloquence devient bientôt la plus terrible ennemie de ce despotisme. Les mots
les plus remarquables, les discours les plus
éclatans ont été prononcés à la veille des
batailles, au milieu de leurs dangers, dans
ces circonstances périlleuses qui élèvent
l'homme courageux et développent en lui
toutes ses facultés à la fois. Cette éloquence
des combats est bientôt imitée dans les luttes
civiles. Dès que les sentimens généreux, de

quelque nature qu'ils soient, peuvent s'exprimer sans contrainte, l'éloquence, ce talent qu'il semble si facile d'étouffer, puisqu'il est si rare d'y atteindre, renaît, grandit, se développe et s'empare de tous les sujets importans.

Par - tout où il a existé quelques institutions sages, soit pour améliorer l'administration, soit pour garantir la liberté civile ou la tolérance religieuse, soit pour exciter le courage et la fierté nationale, les progrès des lumières se sont aussi-tôt signalés. Ce n'est que par la servitude et l'avilissement le plus absolu, qu'on peut les combattre avec succès. Les tremblemens de terre de la Calabre, la peste de la Turquie, les glaces éternelles de la Russie et du Kamtschatka, tous les fléaux de la nature enfin, sont les véritables alliés du système qui voudroit arrêter le développement des facultés de l'homme. Il faut invoquer tous les malheurs et tous les vices pour empêcher les nations de s'éclairer.

Tout ce que l'on dit pour et contre les lumières ressemble aux inconvéniens et aux avantages qu'on peut attribuer à la vie. Si l'on pouvoit faire goûter à l'homme la sorte de repos dont jouissent les êtres qui n'ont reçu de la nature que l'existence physique, ce seroit un bien peut-être, puisque la faculté de souffrir seroit diminuée. Mais pour réduire l'homme à cet état, il faut le tourmenter sans cesse, car tendant toujours à y échapper par la force même de la nature, pour arrêter cette tendance, il faut le précipiter par la douleur dans l'abrutissement. L'on peut donc dire aux partisans comme aux ennemis des lumières, qu'il est un point sur lequel ils doivent également s'accorder, s'ils sont amis de l'humanité ; c'est sur l'impossibilité de contraindre le cours naturel de l'esprit humain, sans accabler les hommes de maux bien plus funestes encore que tous ceux dont on peut accuser les progrès des lumières.

Ces progrès, au contraire, sagement conduits, ne sont jamais qu'une source de biens et de jouissances : si la plupart des hommes ont senti le besoin d'un avenir par-delà cette vie, d'un appel à l'inconnu dans les tour-

mens de l'ame, ne faut-il pas, dans les intérêts mêmes du monde, un principe de dé-
cision entre les opinions diverses, qui n'ont
aucun rapport direct avec la morale, et sur
lesquelles elle ne prononce point ? les vérités philosophiques ont sur l'esprit éclairé
qui les admet, le même empire que la vertu
sur une ame honnête. Ces vérités sont un
mobile d'émulation indépendant des circonstances, un but qui console des revers, et ne soumet pas le bonheur au succès. Si la route de la pensée vers le perfectionnement des facultés n'étoit pas im-
périeusement tracée, il faudroit donc observer sans cesse l'opinion qui domine chaque jour, se consumer dans le calcul qui peut
démontrer l'avantage actuel d'une résolution ; se consumer aussi dans le regret, si
cette résolution n'a point d'effets immédiatement utiles, quel travail pourroit-on faire
alors sur soi-même qui n'avilît et ne dégra-
dât la raison ? Qu'est-ce que l'homme s'il se
soumet à suivre les passions des hommes,
s'il ne recherche pas la vérité pour elle-même,
s'il ne marche pas toujours vers les hauteurs
des pensées et des sentimens ? Il faut à toutes

les carrières un avenir lumineux vers lequel l'ame s'élance ; il faut aux guerriers la gloire, aux penseurs la liberté, aux hommes sensibles un Dieu. Il ne faut point étouffer ces mouvemens d'enthousiasme, il ne faut rabaisser aucun genre d'exaltation ; le législateur doit se proposer pour but de réunir ce qui est bien dans une carrière, à ce qui est bien encore dans une autre, de contenir la liberté par la vertu, l'ambition par la gloire. Il doit diriger les lumières par le raisonnement, soumettre le raisonnement à l'humanité, et rassembler dans un même foyer tout ce que la nature a de forces utiles, de bons sentimens, de facultés efficaces, pour combiner ensemble tous les pouvoirs de l'ame, au lieu de forcer l'esprit à combattre contre son propre développement, d'enchaîner une passion non par une vertu, mais par une passion contraire, et d'opposer le mal au mal, tandis que le sentiment de la moralité peut tout réunir.

Quel présent du ciel que la moralité ! c'est elle qui sert à connoître tout ce qu'il y a de bien dans la nature ; c'est elle qui peut seule ajouter à tous les biens de la vie, la durée et le repos. Ce que l'on admire dans les grands hommes, ce n'est jamais que la vertu sous la forme de la gloire. Plusieurs, il est vrai, ont commis des actes criminels, et la médiocrité qui confond tout, se persuade que les forfaits d'un homme de génie ont illustré sa destinée. Mais si l'on examine la cause de l'admiration, l'on verra que c'est toujours de la morale qu'elle dérive. Dans cette imperfection, à laquelle la nature humaine est condamnée, des qualités fortes et généreuses font oublier des égaremens terribles, pourvu que le caractère de la grandeur reste encore imprimé sur le front du coupable, que vous sentiez les vertus à travers les passions, que votre ame enfin se confie à ces hommes extraordinaires, souvent condamnables, souvent redoutés; mais qui, néanmoins, fidèles à quelques nobles idées, n'ont jamais trahi le malheur, ni frémi devant le danger. Oui, tout est moralité dans les sources de l'enthousiasme; le courage militaire, c'est le sacrifice de soi; l'amour de la gloire, c'est le besoin exalté de l'estime; l'exercice des hautes facultés de l'esprit, c'est le bonheur des hommes qu'il a pour but ; car on ne trouve que dans le bien un espace suffisant pour la pensée. Enfin, qu'on se rappelle les noms illustres que les siècles nous ont transmis, et l'on verra qu'il n'en est aucun dont l'histoire n'enseigne au moins une vertu.

La morale et les lumières, les lumières et la morale s'entr'aident mutuellement. Plus votre esprit s'élève, plus vous avez honte d'avoir cru qu'il existoit quelque sagacité dans ce qui n'étoit pas la morale, quelque grandeur dans les résolutions qui ne l'avoient pas pour objet, quelque stabilité dans les plans dont elle n'étoit pas le but. Quand le cercle des relations s'agrandit, la moralité devient du talent, puis du génie, puis le sublime du caractère et de la raison. Sans doute on ne peut se promettre avec certitude de marcher sans foiblesse dans cette noble carrière; mais ce qu'on peut, ce qu'on doit à l'espèce humaine, c'est de diriger tous ses moyens, c'est d'invoquer tous ceux des autres, pour répéter aux hommes, qu'étendue d'esprit et profondeur de morale, sont deux qualités

inséparables ; et que loin que la destinée
vous condamne à faire un choix entre le
génie et la vertu, elle se plaît à renverser
successivement de mille manières tous les
talens qui voguent au hasard sans ce guide
assuré.

Il n'est pas vrai non plus que la morale
existe d'une manière plus stable parmi les
hommes peu éclairés ; il suffit de la probité sans des talens supérieurs, pour se diriger dans les circonstances ordinaires de la
vie ; mais dans les places éminentes, les lumières véritables sont la meilleure garantie
de la morale. On se trompe sans cesse sur
l'esprit dans ses rapports avec les grandes
conceptions politiques. Est ce de l'esprit que
l'art de tromper ? Est-ce de l'esprit que l'art
de tourmenter les individus et les nations ?
Est-ce de l'esprit que de gouverner sa fortune selon les intérêts d'une avide personnalité ? Que reste-t-il de tous ces efforts ?
Souvent des revers et toujours du malheur
au-dedans de soi; mais l'esprit vraiment remarquable, mais une intelligence éclairée,
c'est l'homme qui choisit le bien et sait le

faire , pour qui la vérité est une puissance de gouvernement, et la générosité un moyen de force. Tels on nous peint les grands hommes de l'antiquité , ils ennoblissoient , ils élevoient la nation qui vouloit suivre leurs pas , et leurs contemporains croyoient à la vertu ; c'est à ces signes qu'on peut reconnoître un esprit transcendant, et pour former cet esprit , il faut la plus imposante des réunions, les lumières et la morale.

J'ai tâché de rassembler , dans cet ouvrage , tous les motifs qui peuvent faire aimer les progrès des lumières, convaincre de l'action nécessaire de ces progrès, et par conséquent engager les bons esprits à diriger cette force irrésistible , dont la cause existe dans la nature morale, comme dans la nature physique est renfermé le principe du mouvement : l'avouerai-je cependant ? à chaque page de ce livre où reparoissoit cet amour de la philosophie et de la liberté, que n'ont encore étouffé dans mon cœur ni ses ennemis, ni ses amis, je redoutois sans cesse qu'une injuste et perfide interprétation ne me représentât comme in-

différente aux crimes que je déteste, aux
malheurs que j'ai secourus de toute la puissance que peut avoir encore l'esprit sans
adresse, et l'ame sans déguisement.

D'autres bravent la malveillance, d'autres opposent à ses calomnies ou la froideur, ou le dédain ; pour moi, je ne puis
me vanter de ce courage, je ne puis dire
à ceux qui m'accuseroient injustement,
qu'ils ne troubleroient point ma vie. Non,
je ne puis le dire, et soit que j'excite ou
que je désarme l'injustice, en avouant sa
puissance sur mon bonheur, je n'affecterai
point une force d'ame que démentiroit chacun de mes jours. Je ne sais quel caractère
il a reçu du ciel, celui qui ne desire pas le
suffrage des hommes, celui qu'un regard
bienveillant ne remplit pas du sentiment
le plus doux, et qui n'est pas contristé par
la haine, long-temps avant de retrouver la
force qu'il faut pour la mépriser.

Néanmoins cette foiblesse de cœur ne
doit altérer en rien le jugement que l'on
porte sur les idées générales. A quelque
peine que l'on puisse s'exposer en l'expri-

mant, il faut la braver ; l'on ne développe utilement que les principes dont on est intimement convaincu. Les opinions que vous voudriez soutenir contre votre persuasion, vous ne pourriez ni les approfondir par l'analyse, ni les animer par l'expression. Plus l'esprit est naturel, plus il est incapable de conserver aucune force, quand l'appui de la conviction lui manque. L'on doit donc s'affranchir, s'il se peut, des craintes douloureuses qui pourroient troubler l'indépendance des méditations ; confier sa vie à la morale, son bonheur à ceux qu'on aime, et ses pensées au temps, au temps, l'allié fidèle de la conscience et de la vérité.

Quel triste et douloureux appel toutefois, pour les ames qui auroient besoin d'obtenir chaque jour l'approbation constante de tous ceux qui les environnent ! Ah ! qu'on étoit heureux il y a dix années, lorsqu'entrant dans le monde plein de confiance dans ses forces, dans les amis qui s'offroient à vous, dans la vie qui n'avoit point encore démenti ses promesses, on ne rencontroit ni des partis injustes, ni des haines envenimées, ni des rivaux, ni des jaloux; l'on n'étoit alors, aux regards de tous, qu'une espérance ; et qui n'accueille pas l'espérance ! Mais dix ans après la route de l'existence est déjà profondement tracée ; les opinions qu'on a montrées ont heurté des intérêts, des passions, des sentimens, et votre ame et votre pensée n'osent plus s'abandonner en présence de tous ces juges irrités : l'imagination peut-elle résister à cette foule de souvenirs pénibles qui vous assiégent à tous les momens ? La réflexion les domine; mais je le crains bien, il n'est plus possible de conserver ce caractère jeune, ce cœur ouvert à l'amitié, cette ame, non encore blessée, qui coloroit le style, quelque imparfait qu'il pût être, par des expressions sensibles et confiantes.

Tel qu'il est cependant, je le publie, cet ouvrage; alors qu'on a cessé d'être inconnue, encore vaut-il mieux donner de ce qu'on peut être une idée vraie, que de s'en remettre au perfide hasard des inventions calomnieuses. Mais qu'on voudroit, au prix de la moitié de la vie qui reste à parcourir, ne pas être entrée dans la carrière des lettres et de la publicité qu'elles entraînent! Les premiers pas qu'on fait dans l'espoir d'atteindre à la réputation sont pleins de charmes, on est satisfaite de s'entendre nommer, d'obtenir un rang dans l'opinion, d'être placée sur une ligne à part; mais si l'on y parvient, quelle solitude, quel effroi n'éprouve-t-on pas! on veut rentrer dans l'association commune, il n'est plus temps. L'on peut aisément perdre le peu d'éclat qu'on avoit acquis; mais il n'est plus possible de retrouver l'accueil bienveillant qu'obtiendroit l'être ignoré. Qu'il importe de veiller sur la première impulsion qu'on donne au cours de sa destinée! c'est elle qui peut sans retour éloigner du bonheur. Vainement les goûts se modifient, les inclinations changent ainsi que le caractère, il faut rester la même puisqu'on vous croit la même; il faut tâcher d'avoir quelques succès nouveaux puisqu'on vous hait encore pour les succès passés; il faut traîner cette chaîne des souvenirs de vos premières années, des jugemens qu'on a portés sur vous, de l'existence enfin telle qu'on vous la suppose, telle qu'on croit que vous la voulez. Vie malheureuse et trois fois malheureuse ! qui éloigne peut-être de vous des êtres que vous auriez aimés, qui se seroient attachés à vous, si de vains bruits n'avoient épouvanté les affections qui se nourrissent du calme et du silence. Il faut néanmoins user la trame de cette vie telle qu'elle est formée, puisque l'imprudence de la jeunesse en a tissu les premiers fils, et chercher dans les liens chéris qui nous restent et dans les plaisirs de la pensée, quelques secours contre les blessures du cœur.

Je sais combien il est facile de me blâmer de mêler ainsi les affections de mon ame aux idées générales que doit contenir ce livre; mais je ne puis séparer mes idées de mes sentimens ; ce sont les affections qui nous excitent à réfléchir, ce sont elles qui peuvent seules donner à l'esprit une péné-tration rapide et profonde. Les affections modifient toutes nos opinions sur tous les sujets, l'on aime tels ouvrages parce qu'ils répondent à des douleurs, à des souvenirs qui disposent de nous-mêmes à notre insu. L'on admire avant tout certains écrits, parce que seuls ils ont ému toutes les puissances morales de notre être. Les esprits froids voudroient qu'on ne leur présentât que les apperçus de la raison, sans y joindre ces mouvemens, ces regrets, ces égaremens de la rêverie qui n'exciteront jamais leur intérêt; je me résigne à leur critique. En effet, comment pourrois-je l'éviter? comment distinguer son talent de son ame? comment écarter ce qu'on éprouve et se retracer ce que l'on pense? comment imposer silence aux sentimens qui vivent en nous, et ne perdre cependant aucune des idées que ces sentimens nous ont fait découvrir? quels seroient les écrits qui pourroient résulter de ces continuels efforts? et ne vaut-il pas mieux se livrer à tous les défauts que peut entraîner l'irrégularité de l'abandon naturel?

F I N.

TABLE DES CHAPITRES.

SECONDE PARTIE.

De l'état actuel des Lumières, et de leurs
progrès futurs.

FIN DE LA TABLE.

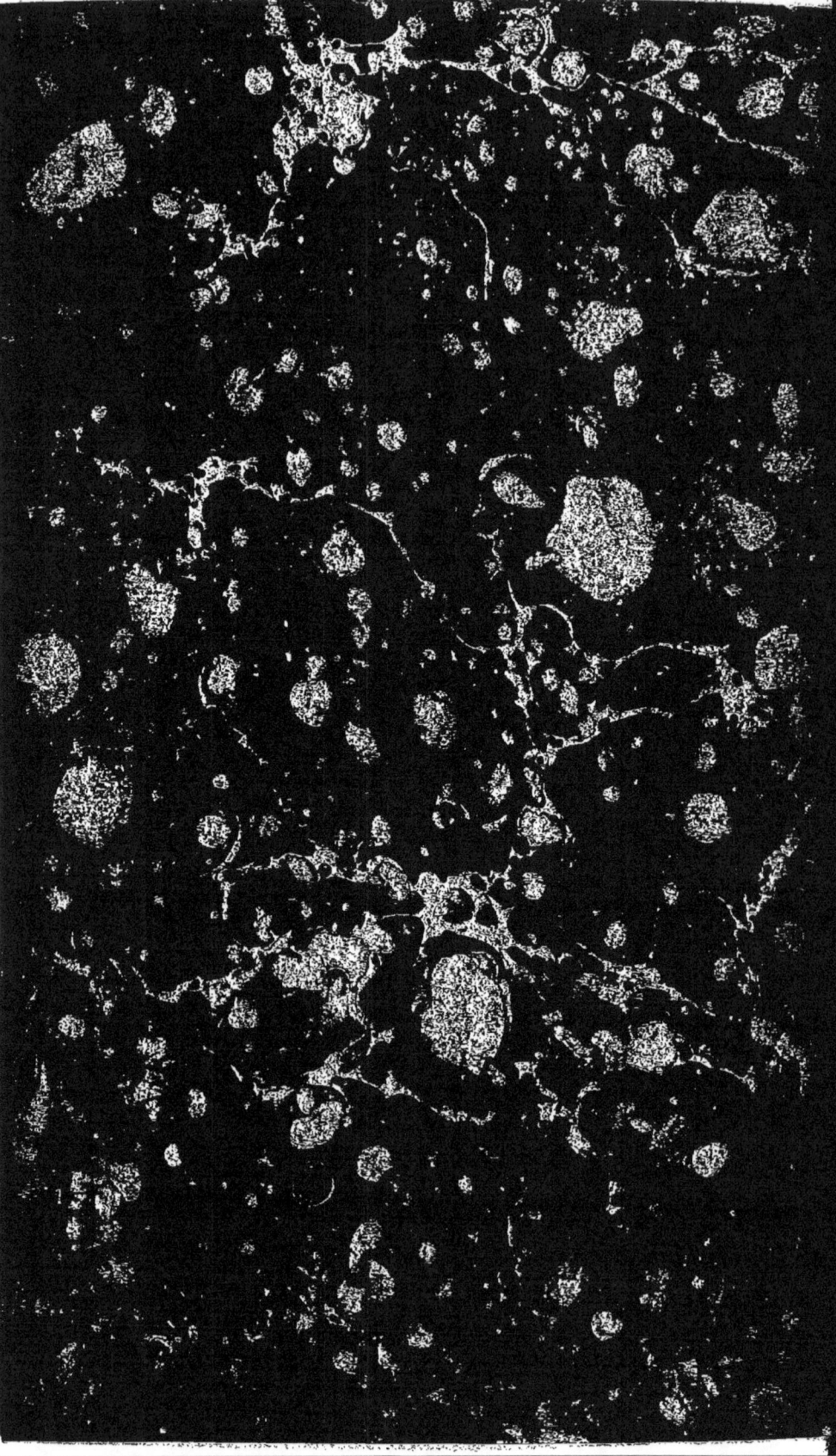

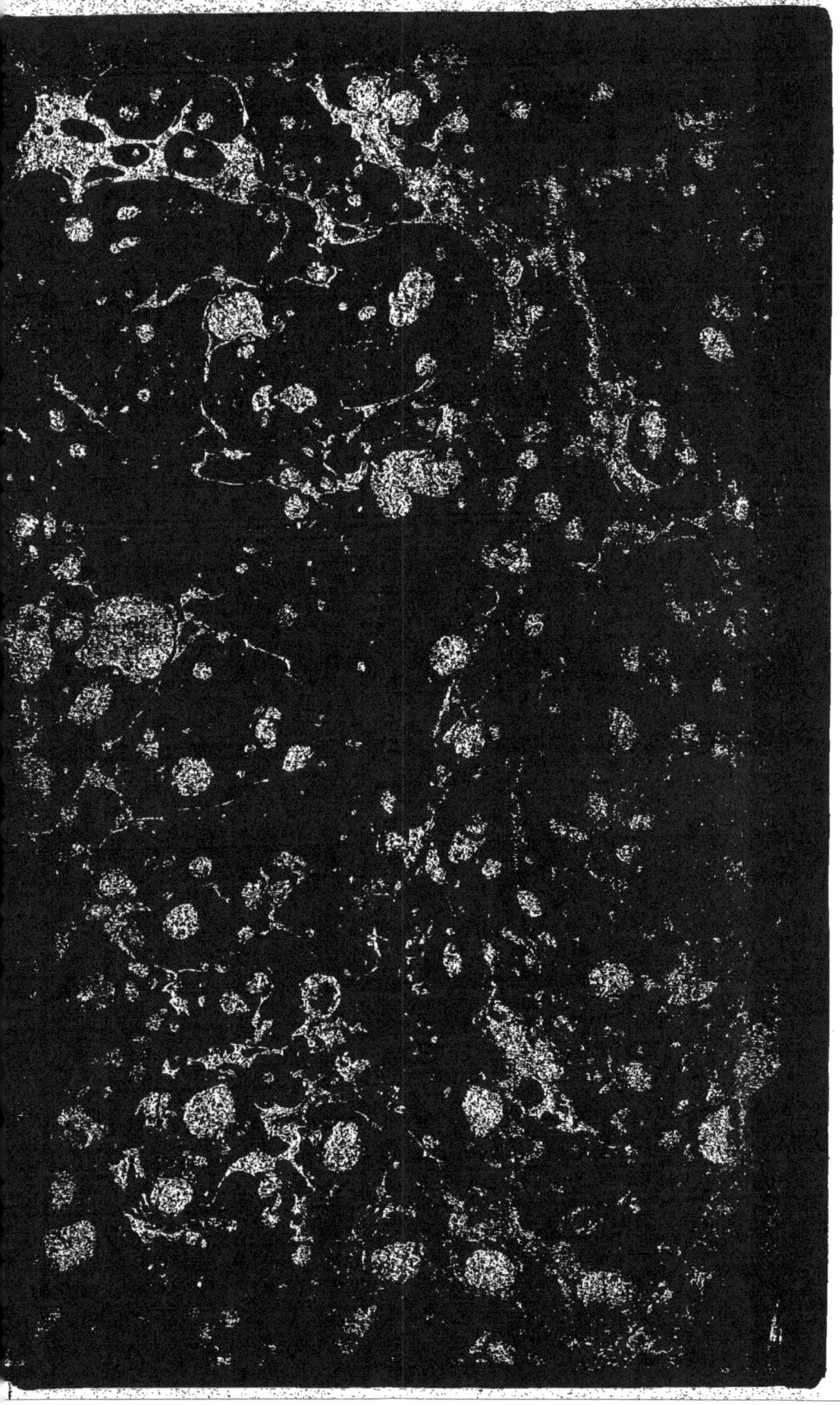

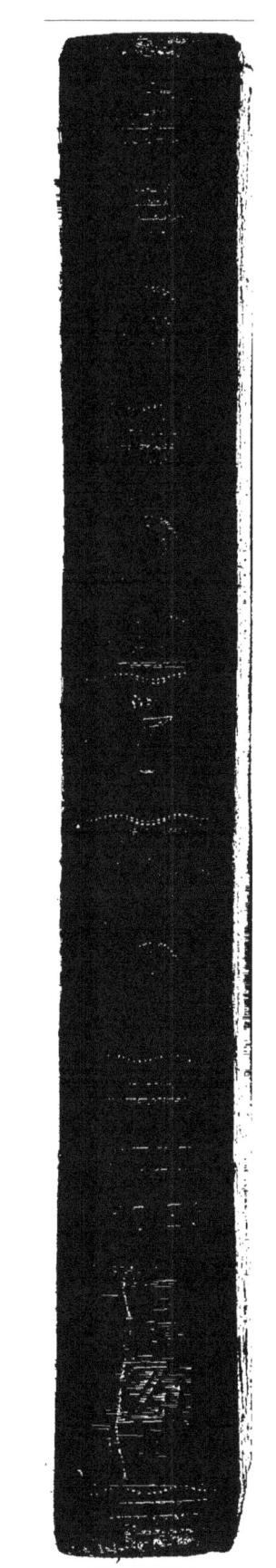